2014年

诗 歌 选 粹

张光昕 / 主编

山西出版传媒集团　北岳文艺出版社

图书在版编目（ＣＩＰ）数据

2014年诗歌选粹 / 张光昕主编. —太原：北岳文
艺出版社, 2014.12
　　ISBN 978-7-5378-4353-9

　　Ⅰ.①2… Ⅱ.①张… Ⅲ.①诗集—中国—当代
Ⅳ.①I227

中国版本图书馆CIP数据核字（2014）第302394号

书　　名	2014年诗歌选粹
主　　编	张光昕
责任编辑	史晋鸿
装帧设计	昭惠文化
出版发行	山西出版传媒集团·北岳文艺出版社
地　　址	山西省太原市并州南路57号
邮　　编	030012
电　　话	0351-5628696（太原发行部）
	010-57427288（北京发行部）
	0351-5628688（总编办）
传　　真	0351-5628680　010-57571328
网　　址	http://www.bywy.com
E - mail	bywycbs@163.com
经 销 商	新华书店
印刷装订	山西人民印刷有限责任公司
开　　本	720×1030　1/16
字　　数	213千字
印　　张	17.25
版　　次	2014年12月第1版
印　　次	2015年1月山西第1次印刷
书　　号	ISBN 978-7-5378-4353-9
定　　价	38.00元

挽歌与新雪

张光昕

去年出版的《2013年诗歌选粹》，是北岳文艺出版社首次推出的一个年度汉语诗歌选本，在如今这个各种选本狂轰滥炸的年月里，它的问世，似乎给喧闹的诗坛带来一丝与众不同的快意。这种感觉犹如一片雪花落在大地上，发出一种极其微小的声音，只有那些善于倾听的人才能听到。雪落在大地上，看似有所增加，其实并未增加；雪化之后，看似有所减少，实际并无减少。

这样就基本划定了编选者所注目的一个位置：它可能不是当下，而是未来。比如，在该书的序言中，我们认为，现代诗人无一例外地沦为"时间的遗民"，他们苦心孤诣地从事写作，都是为了在词语中开创一个明天，这种朝向未来的写作似乎肩负着一项重大的使命——"让被击碎的心灵重归完整，让被禁锢的头脑重获自由"——我们试图在汉语诗坛这一年的创作实绩中找到连接这项使命的珍贵经验和精神资源。

中国当代近三十年的巨变似乎已经催生出人们意识中愈发断裂的时间感：一方面，有毛泽东所感叹的那种豪迈的浪漫运动，谓之"坐地日行八万里，巡天遥看一千河"，再年轻的人仿佛都会在某一刻感慨自己老了、累了，看不清眼前这个纷繁喧嚣的美丽天地了，词语在回应周围世界时变得失效了，疲软了，垂头丧气地寻觅着收割后遗落的零星粮食；另一方面，也有昌耀在孤寂斗室里写下的绝望歌谣，"地球这壁，一人无语独坐"，更多的写作者在默默分享着这份天大的寂寞，面对一个既背负传统又无话可说的自我，一个看似无所不能、其实又百无一用的个体，他们试着跟身上的自我说话，用词语的沉默来交换着宇宙的沉默。

奔腾不息、日新月异的技术文明已经修补了我们欲望中的诸多不可能性，并逐渐代替人类的大脑成为"第三记忆"，并且在技术理性的张目下建立了一种他者的语法和时序，将人类流放出主体的位置。在这种情形下，诗歌似乎在同时间与技术展开一场竞技。如何谋求一种以弱胜强的法器，诗人必须学习雪落在大地上的声音，他们的词语必须精确地把握住一种微妙的过渡、间隔和停顿。只有在这个似有似无的地带，我们才能透过词的变异和折射，通识和摘取过去和未来，才有机会重新弥合破碎的心灵，解放囚禁的头脑，诗歌也越来越成为一种隐忍的技艺，一项卧薪尝胆的事业，诗人在默念时刻准备着的口诀。

关于当代诗的处境，让我们联想起阿伦特引用过的一则卡夫卡寓言。故事描绘了一个这样的场景：一个人向前走，在他后面和前面各有一个对手，后面的人从源头驱迫他，支持他与前面的人厮打，前面的人挡住他的去路，鼓励他跟后面的人搏斗，中间的人进退维谷、左右为难，梦想趁着在一个出其不意的时刻、一个比任何黑暗更黑的夜晚，跳出战场，进入一个旁观者的位置，目睹前后两个对手之间的互搏。这则寓言在一定程度上回应和概括了现代诗人所遭遇的情状——过去和未来都在咄咄逼人——也标明了当下写作的一种可能的出路，即注意和把握每一个过渡、间隔和停顿的时刻，无论是在经验里，还是在词语中，那里都包含着另一种潜藏着的未来，它或许正以旁观者的姿态注视着眼前发生的一切，并等待着先觉者的致意和求助。

在这种意义上，《2013年诗歌选粹》是一个有意识的尝试。从总体写作潜能上来看，入选其中的大部分作品，似乎都隐约表达了卡夫卡描述的那种两难处境：既要承担对传统文化的继承和呼应，又要在现代主潮中顺势生存和精进，汉语诗人的腹背分别站立着一位摩拳擦掌的对手,诗人在这个特殊的位置上获得一种矛盾经验。最深重的劫难和灾变也发生于此,就像诗人赵野在开篇的那首《江南》中所写的:"一种相思宛如亲密敌人"。或者可以说,正是在每一个现代人身上,囚禁着两个不断争吵的邻居,他们争吵的根源来自这种囚禁本身,在这种双重危机之下,每一个个体都沦为一种剩余生命。除非诗人解放了自己,也就同时解放了他人。这里启动了两副相向而来的多米诺骨牌,两股力量的源头已不可考,但确凿无疑的是,它们迟早要一脸尴尬地中止于两副牌的连接处,制造出一个不知所措的位置。在《无限》一诗中,另一位入选诗人帕尔哈提·吐尔逊表达出对这种存在的迷惑:"他不知道自己为什么被人暗杀/因为暗杀他的人也不知道/他自己也暗杀别人却不知原因/谁也不知道这连续不断的暗杀是从何时开始/就这样暗杀永远不断"。诗中反复提及的"暗杀",在这里可以替换成"凝视",可能会更加直取精义。过去和未来同时投来的目光,让当事人萌生出一条逃逸线——词语的过渡、间隔和停顿——他借助这条逃逸线,可以将两副多米诺骨牌在他那个尴尬的位置上反推回去,把无限的还给无限,这也是解放自己的第一步。

现代汉语诗人从"五四"一代开始就一直在寻觅这条自我解放之路,语言解放则始终是这种努力中的先锋事业。阿伦特在思想上设计过这条逃逸线(解放线? 生命线?),它对汉诗的现代转型和发展完善无疑具有重大的启示意义,无异于一条汉语新诗的再生线。这条线来自一个力的平行四边形,来自无限过去和无限未来的两股力量,在它们的交汇点上将会产成一个朝向第三方的合力。我们当下的诗歌写作正踟蹰地站立在这个几何点上,它在传统和未来两道目光的凝视下,开启了全新的方向和潜能。在词语中,诗人面朝无限,睁开了自我解放的双眼,画出了一条挣脱形状的再生线。

这是时间和语言在过渡进程中瞬间的出神状态,诗人康善锻在《旧照》中写道:"有那么一会儿,我仿佛/置身相片中。哦,多么/精确的悼词啊。哦,/我们的表情一模一样了"。这既是一个超越过去和未来、又将两者内在化的一个过程,类似于汉语思想中的"内在超越"观念,这种朝向第三方的逃逸和开拓,在当代汉语诗人的写作中已经有所感应和实践:相对于过去,诗人写出了一篇不断延迟的悼词,直到他最后开始哀悼自己:"女儿渐渐忘了如何喊声爸爸,直到/她终于过了比她父亲还大的年龄"(刘洁岷《题一张照片》);相对于未来,诗人写下了提前公布的遗嘱,直到"经由地下升腾,并将渗透着星球上任何事物的/悲悯,/也将你拱起卷集进未来之风暴"(黑夜《枯坐》)。这条朝向未知的第三方的合力,即是在悼词和遗嘱的双重意义上开启的,它根源于每一个生存于当下的个体生命,指引着一种全新的、无限的未来,是劫后生命里的一个明天,但首先是词语中的明天:

他们是鱼筐中的火苗

沉到水底

拉到岸上还是一只鱼筐

(海子《在昌平的孤独》)

本书标题中的"选粹"二字,也是在这种"内在超越"的意义上提出的。对于今年的这个选本依旧如此,编者在内心深处已经编好一只鱼筐,将它投向这一年内由万千江河汇聚成的诗歌海洋。在去年的"选粹"中,编者为那些有缘与之擦身而过的鱼(作品)都配备了一只闪着火苗的鱼筐(点评),因为作品一旦入选,就在欢蹦乱跳的兴奋中提前将遗言镌刻在鱼筐上,随时等待着审判、赦免和复活;不同的是,今年的"选粹"只余留下作品,而遗失了鱼筐,它已被拉上岸,入选作品将与永恒的海水待在一起,以一副平静的神情注视着自身的命运,以沉默交换沉默，就像亲眼目睹了那些为古人写下的悼词精确地实现在我们的劫后生命中。如此这般，作品和点评之间，或鱼与鱼筌之间的关系，也已经行走在一条从"相濡以沫"到"相忘于江湖"的再生线上。

在这个未知的方向上，汉语诗歌究竟变成了什么？在今年这个选本中，我们试图考量，入选作品中究竟有哪些成分决定了它们"内在超越"的精神气度。在过去与未来之间，从不断延迟的悼词和提前公布的遗嘱中，当代汉语诗人析取出来的神秘向度，其实古已有之。它就是挽歌，是诗歌在注视周围世界的同时投向自身的一道目光和一声太息。悼词和遗嘱，虽然具有词语的形式，但还不是真正的诗歌。只有仰赖在它们两者之间诞生、向两者之外辐射的抒情原质，才能制造诗歌的血液。一首诗或许都是一首挽歌，对他者，或对自己。在挽歌的视线里，我们重新度量词语和世界之间的精确关系。遵循着汉语新诗的再生线，一个现代诗人必定与一种挽歌式的书写气质相遇：

我懂得这番说教，在异乡已被温习半生
就不怕被置若罔闻，继续雕琢刻了半个世纪的
裂痕。自行寻找尖细的长指甲，剥开
在海关出口的标签，内核甜涩到发苦。
（李怡静《一只柚子的挽歌》）

亲戚或余悲，
他人亦已歌。
死去何所道，
托体同山阿。
（陶渊明《拟挽歌辞第三》）

这里同时列出的,是《2014年诗歌选粹》中最年轻的的一位诗人所写的挽歌,以及中国诗歌中最著名的一首挽歌。不论是为一只柚子撰写的陌生挽歌,还是家喻户晓的自挽歌,当它们一同出现在今年这个选本的卷首,两者之间就已经画出了一条"相忘于江湖"的生命线:在挽歌面前,李怡静熟悉得几乎快要忘记陶渊明。收入本书中的所有作品,都将像音符一样缀满这根充满弹性的无形线条上,而这部年选中的五个栏目,皆取自陶渊明写下的这四行经典文本。这首挽歌已经包含了本书编选体例的全部元素,具体来说:"亦已歌"与"何所道"可衍生为"书写与差异"这一视角(此亦为德里达一部著作的标题);"同山阿"与"或余悲"可阐发为"格物与剩余"这个主题;"托体同山阿"一句能够抽取出"自然与身体"的含义;"死去何所道"一句在相当程度上可以翻译为"消逝与未济";"亲戚"和"他人"也可以整合成"亲爱与友谊"这一命题。这五个从陶诗中拾取的基本栏目,奠基为《2014年诗歌选粹》的分类法,所有入选的作品也分门别类地集结于不同的标题之下。标题只是一种指引通道,并非对作品灵魂的独断认定。于是,我们在本书注目的一批青年诗人那里,分别读到了以下诗句:

——记忆在此处打盹,
那行道树更换了新的叶子。
——如果拐弯,
那就曾是脚步所未到过的区域。
(几年前,他们那么年轻)　　　·

(叶飙《诗》)

我们需要的如此之少,简单,只不过
再快一点,我们就能学习着相互接近而不再怨恨。

我听见梨子被咀嚼,像是仍旧有生命,最后一丝气息
延宕而不能毁灭。
（砂丁《烂梨子》）

而我两腿间的路对我的手指哪怕中指也是没有尽头的
和我跟在他身后走的路一样
（光体《幻汤》）

……我仿佛
仍是八九岁,堂哥还没疯,
同我走在细瘦的田垄间,
阔大的镜子照见健健康康的天地。
（李琬《夏日》）

二十年了,我终于越来越不像你。
（子申《致父亲》）

　　这些充满潜能的青年诗人,在他们作品的过渡、间隔和停顿处降下
新雪,本书恰好收集到那刚刚降落在大地上薄薄的一层,异常轻逸,却
掷地有声。新雪落在大地上,看似有所增加,其实并未增加;雪化之后,
看似有所减少,实际并无减少。在降雪与化雪之间,一条诗歌的再生线
悬置了过去与未来,在大地上渐次呈现。相对于已然消逝的纯一世界
和金口玉言,作为一种绝对的挽歌,汉语新诗纷然杂陈,北俊南靡,却并
未向世上增添一毫一厘,它如风行吟,吹拂着大地却不曾改变它;诗歌
从不间断地召唤、追寻和弥补着那些迅速消逝的事物和人,每分每秒,
长歌当哭,充盈着我们日益耗散的血气,填满了茫茫世界和幽幽时日里

那些无处安置、无人认领的沉默和空白。生生不息的汉诗读者期待着一首在新雪中升起的挽歌,也祝福在挽歌中降下的新雪:

但是道路不会消逝,消逝的
是东西;但东西不会消逝
消逝的是我们;但我们不会
消逝,正如尘埃不会消逝
(张枣《一首雪的挽歌》)

《2014年诗歌选粹》得以编竣,我们要感谢一场在媒体中"下得正紧"的新雪,一些具有高级文学趣味的诗歌网站、微信公众订阅号和诗歌作者的个人博客为编者提供了更加方便、迅捷、有效的阅读和遴选渠道,如"诗托邦"网刊、"阁楼诗歌"豆瓣小组、"十九点"豆瓣小站、"中国诗歌学会"微信订阅号、"上河卓远文化"微信订阅号等。此外,我们还要感谢一批值得信赖且朝气蓬勃的官方刊物、民间刊物或诗歌选本(辑刊),如《诗刊》《星星诗刊》《扬子江诗刊》《红岩》《青春》《西部》《元写作》《元知》《诗建设》《飞地》《诗篇》《朱贝骨诗刊》《走火》《六户诗》《越界与临在》《南方七人诗选》等等。有了它们,那些孤独而卓越的诗人将不遗余力地为这片汉语的大地贡献着美妙的新雪,纷纷洒洒,万物齐一,而我们在本书中尝试将新雪垒成一座小小的屋宅。它是阿赫玛托娃在沙地上画出的一所房子,我等"时间的遗民"住在里面,准备在此冬眠,整晚围着红泥小火炉,酒浆浮着绿蚁,蝴蝶梦着庄周,在蒙眬里说着那些冬夜的远行人。

2014年12月2日,北京看丹桥。

目　录

书写与差异

宋炜诗一首

　形意集:同一首诗的三种写 法 …………………………… / 3

施茂盛诗一首

　自画 …………………………………………………… / 11

扎西诗一首

　我经历了自己 ………………………………………… / 13

蒋浩诗一首

　游仙诗 ………………………………………………… / 14

王敖诗一首

　新年夜话 ……………………………………………… / 16

张尔诗一首

　疑似诗 ………………………………………………… / 17

周公度诗一首

　这么好的信 …………………………………………… / 19

吕布布诗一首

　　春天里 ·· / 20

王单单诗一首

　　后将进酒 ·· / 23

白木诗一首

　　从时间开始 ······································ / 25

黄圣诗一首

　　测验 ·· / 27

墨研诗一首

　　新档案 ·· / 29

厄土诗一首

　　挖掘者 ·· / 39

包慧怡诗一首

　　诗篇 ·· / 41

周鱼诗一首

　　诗 ·· / 43

江汀诗一首

　　诗 ·· / 48

刘旭阳诗一首

　　诗 ·· / 49

刘客白诗一首

　　下午的诗学 ······································ / 51

王家铭诗一首

　　诗 ·· / 53

季稻诗一首

　　诗的遗忘 ·· / 55

叶飙诗一首

    诗 ·· / 57

格物与剩余

陈东东诗二首

    火车站 ································· / 61

    录于《独坐敬亭山》页边 ·········· / 63

安遇诗一首

    看见 ································· / 66

高春林诗一首

    雪自在 ······························ / 68

草树诗一首

    水母 ································· / 70

杜客诗一首

    柿子诗 ······························ / 72

刘年诗一首

    青草湖边的木屋 ····················· / 74

吴情水诗一首

    纸蝶 ································· / 77

陈兰英诗一首

    水果 ································· / 79

张伟栋诗一首

    猫与狗 ······························ / 81

赵晓辉诗一首

    古镜记 ······························ / 82

昆鸟诗二首

　　白眼睛 ·· / 84

　　姑娘们，你们有裙子 ·················· / 86

胡蜂诗一首

　　十五孔明灯 ·································· / 88

苏琦诗一首

　　在五道口地铁站 ·························· / 89

钱磊诗二首

　　庖丁解牛简史 ······························ / 91

　　虚无抒情简史 ······························ / 92

方李靖诗一首

　　黄色起重机 ·································· / 94

砂丁诗一首

　　烂梨子 ·· / 96

炎石诗一首

　　鱼的变奏 ······································ / 98

西兰诗一首

　　兰花之外——致王羲之 ·············· / 100

杨国杰诗一首

　　研究这个科技产品 ···················· / 102

秦三澍诗一首

　　青草池塘 ······································ / 104

李怡静诗一首

　　一只柚子的挽歌 ························ / 106

自然与身体

黄灿然诗一首

　　桑丘睡眠颂 ……………………………………………… / 111

非亚诗一首

　　我头发湿漉漉地出现在浴室昏黄的镜子 ……………… / 113

智文法师诗一首

　　让心披上袈裟 …………………………………………… / 115

邹波诗一首

　　公园 ……………………………………………………… / 117

胡澄诗一首

　　秋风 ……………………………………………………… / 120

苍凉逐梦诗一首

　　给远方 …………………………………………………… / 121

李三林诗一首

　　晚餐之后 ………………………………………………… / 123

楼河诗一首

　　蛇忧郁地游到了对岸 …………………………………… / 125

谭夏阳诗一首

　　夏日诗行 ………………………………………………… / 127

五月诗一首

　　像达摩坐面九年的墙壁 ………………………………… / 131

罗霄山诗一首

　　钻骨取火 ………………………………………………… / 133

王原君诗一首

　　短歌 ……………………………………………………… / 134

费城诗一首

　　身体里有一列火车 ···························· / 135

憩园诗一首

　　像往常一样 ································· / 137

徐亚奇诗一首

　　那些隐藏的尖角 ···························· / 139

古赫诗一首

　　雾霾 ···································· / 141

桑娈诗一首

　　后山 ···································· / 142

陈危诗一首

　　河流——与Y女士谈 ························· / 144

陈文君诗一首

　　译:王士祯《真州绝句其二》 ··············· / 146

程一诗一首

　　逍遥游 ································· / 148

林侧诗二首

　　洗骨宴 ································· / 150

　　倒刺 ···································· / 151

光体诗一首

　　幻汤 ··································· / 152

消逝与未济

柏桦诗二首

　　当你老了 ································ / 157

　　　一种相遇 ·· / 158

宋琳诗二首

　　　忆故人 ··· / 159

　　　你离开了囚禁过你的美丽国度 ··················· / 161

夏汉诗一首

　　　从殡仪馆归来书 ··· / 164

卧夫诗一首

　　　在马路边坐到天亮 ······································ / 166

阿翔诗一首

　　　百年诗(悼加西亚·马尔克斯) ···················· / 167

路云诗一首

　　　我按揭自身 ·· / 169

王天武诗一首

　　　马泰拉 ··· / 171

邓朝晖诗二首

　　　响水坝 ··· / 173

　　　萨岁 ··· / 174

连晗生诗一首

　　　某一时刻 ·· / 176

张定浩诗一首

　　　死亡不该被严肃地谈论 ····························· / 180

育邦诗一首

　　　三月十七日 ·· / 182

小雅诗一首

　　　悼念张枣 ·· / 184

严彬诗二首

    经过一个熟人的墓地 ·· / 188

    死后 ··· / 189

木寻诗一首

    死去的人,在意另外的时间 ······························ / 190

黄茜诗一首

死亡离我们而去 ··· / 191

张杭诗二首

    地铁站的刷卡闸机 ·· / 193

    两次 ··· / 194

远子诗一首

    葬礼 ··· / 196

安德诗一首

    葬礼 ··· / 197

许立志诗二首

    入殓师 ·· / 199

    老蝉 ··· / 200

颖川诗一首

    四月 ··· / 201

李琬诗一首

    夏日 ··· / 203

亲爱与友谊

吕德安诗一首

    漆树——献给漆画家唐明修 ······························ / 207

李亚伟诗一首

　　酒醉心明白——给二毛的绕口令 ……………………… / 209

阿西诗一首

　　麻将诗学——给小敏 …………………………………… / 211

沈苇诗一首

　　加拉加斯之晨,或祖国之夜 …………………………… / 213

杨铁军诗一首

　　从前有一个骷髅 ………………………………………… / 216

回地诗一首

　　给海伦·凯勒 …………………………………………… / 223

苏野诗一首

　　叶小鸾 …………………………………………………… / 226

臧北诗一首

　　玛丽 ……………………………………………………… / 228

木郎诗一首

　　写给自己的信 …………………………………………… / 231

王向威诗一首

　　回家 ……………………………………………………… / 232

李凤诗一首

　　我是我的妻子 …………………………………………… / 234

里所诗二首

　　香瓜 ……………………………………………………… / 236

　　芒果 ……………………………………………………… / 237

赵成帅诗一首

　　寄罗马书 ………………………………………………… / 239

张慧君诗一首

    黑翅翼 ·· / 240

吴盐诗一首

    上海夜饮记 ·· / 243

甜河诗一首

    春天的另一种音乐性 ······························ / 245

马暮暮诗一首

    最后一日——致 p.s. ······························ / 247

安吾诗一首

    哀歌 ·· / 249

金良诗一首

    格物超市——致弋戈 ······························ / 251

子申诗一首

    致父亲 ·· / 253

书写与差异

Ⅰ 宋炜诗一首

宋炜，男，四川沐川人，1964年8月生于成都。1980年尝试新诗写作。1982年至1990年，与兄长宋渠共同署名发表过一些作品。期间，与石光华、万夏、刘太亨、张于、陈瑞生、席永君等人组建"整体主义"诗群，后进入图书出版业谋生。现居重庆。主要作品：《大佛》《家语》《户内的诗歌和迷信》《还乡记》《土主纪事》《桂花园纪事》等。

形意集：同一首诗的三种写法

1 燕歌行

下决心南下。在直隶
一个富拉尔基①的孩子
玲珑如江南闺秀，风凉如
扬州勾栏里遍地洒落珠子的魁首。

银子，首饰深处令目光闪烁的
隐形小兽，有身体而无口吻。只有她
才生就献愁供恨的樱桃小嘴：
细细的贝齿渴望银子的镶嵌。

遍体的锦绣，满床的绫罗，

---

①富拉尔基，达斡尔语"红岸"之谓，古朔方渔屯，清光绪时属镶红旗，今属齐齐哈尔。

肌肤仿佛树丛掩映下的来世
经不起端详：目击之下，裙带自开，
秀色恍若汗津津的蜃光被倏然蒸发。

唉，令人艳羡的无知！
居然属龙：细弱，光滑，小，连鳞也没有。
浑身是腰，每一次都从指缝间
流走，令手指由衷地疯长。

唉，无法无天的年幼！
葱茏，紧密，又吹弹欲破，
令其他的心窒息，其他的快马
纷死于闻风丧胆的道途。

把玩不起啊，这生理的第一课，
色情的指南针，荷尔蒙
正推动她走向天边的秋千架。
而她轻浮的贞操像水银在其上滑动。

这正是囚她的青楼：祥云笼罩。
她的天光上冲，她的明月下降，
厚若棉被的睡眠欲望全无，甚至
覆盖了满城里所有沙弥的光头。

翌日她起身，开门见山，她将目睹
一只野鸡变成凤凰，凤凰变成鹏，鹏变龙，龙从风……在风中

北方闪烁,太阳带着远在长白山头的积雪
照亮了一个四川嫖客苍翠的面目。

2 人间词话

他:突然,我感到了寂静,当风
到达她响亮的前额,
并掠过头发、从肩到腰
滑落于干净而秀气的双足,

我确实听到了这样的脚步声:
风的,气息的,爵士乐中
旧式敞篷跑车喑哑轮胎的……
以及她蓝色静脉的流逝。

她有着多么天真的装束:细致的
衣衫,除了身体别无他物。
而我像数学家观看一幅地图:
她挺胸站立在迎风的方向,她身后

所有辽远的景气都将在来世的某一天
回报她。但她此刻的回眸
带来了历史上从没出现过的
寂静……几乎无法听闻。

她:我有皮肤吗?"秋天热爱她

自己的衣裳",我有我出场的盛装吗?
小小的容貌如果真能招致
这风暴,我的来世比今生还要冷。

请看我初出茅庐的模样:我的
堕落的上进心充满了妄想。
我要问:何处有我的榜样?
"学习"何时成了我一生的重任?

只有身体的捷径是迅疾的
和闪烁的,比它的发育和衰老更短暂。
而所有在魔法中消失的贞洁,
还魂术都将在初夜的一刻偿还。

舞吧,将计就计的手与足!
为什么要思考? 为什么要回答?
1976年发生了什么? 地震,死亡?
不,1976年我结成了这具凡胎。

他:声色汹涌,但几乎无法听闻。
我能在隔着衣服的抚摸中
找到那葱茏而紧密的巢吗?
就算我能清点那些宝藏,也只是

像一个供她驱策的侍仆在清账。
她呢,回眸看我,双目潮湿,

视我为从未目睹过的荒瘠盲区：
在其中我唯一的身份显现。

"一个诗人"，她大胆地评说，
"对服装的鉴赏力几乎是风的两倍……"
而她在服装中藏起身体，只等出场。
风将带给她一个灰姑娘的舞台吗？

啊，学习的少女，不，实习的少女，
她对命运许诺的来世已不思忍耐。
以她脸上童贞的青春痘起誓：
她想飞，她想快，她想跟人急！

她：……但他有更为集中的焦虑。
身体中一种无端的风疾升至心间，
他在写作中丧失了定力。
瞧，那些字词间，风加快了步子。

他言辞的单薄比衣衫尤甚。
风吹之后，他诗中的寂静让阅读
也感到突然一天凉了，
他精确的地图上早已落英散尽。

我只是比他冷。服装并不能
给生来冰凉的手心提供电力。
他的抚摸比服装更体贴，但我

穿不上：我要的是他的上一世。

没有电和热，可他仍然在倾听。
他用目光阅读唱片上令人目眩的
密纹。于是我的身体暴露在他眼前：
这不是听与读，是溺爱，勒索，恨。

3　风月笺

我曾视这个几乎没有生命的身体
为舞蹈者，而非舞女。
那是一种不能目睹，却能
在镜中显形的影子之舞。
我说："舞吧，将错就错的手与足！"
她言听计从。轻飘飘的旋转中
她暧昧的身世成了一个谜，
让旁观的镜子晕眩。

但我错了。在她美丽的衣衫下
并无身体。灵魂？哦，难道她曾
向上天要求过一个勒索身体的灵魂？
我曾设想过的，她那为花丛
所掩映的来世也是假的：放眼望去，
整个花园没有一朵花，只有
被她玩着的花样。她也曾
有过层层叠叠的花心吗？

没有,因为花朵只是植物的
盛开的性器,而非含羞闭合的心。
瞧,这个植物情侣、植物人,
在她随地搭起的花架子中
连今生也没有,何况来世?

甚至她就只是掠过花间
或吹进舞蹈中的一阵风,吹拂着
贯穿她小小的一生:干净,凉爽,……冷!
她也曾唱过:人生无根蒂,飘若
陌上尘;于是她堕入风尘,到此刻
仍在被吹起,飘落,再吹起。

或许溺爱能使她凝聚成形,
骄傲,慵懒,颐指气使。
她难道不明白一个飞扬跋扈的孩子并不美?
除了自私,她在意什么?
她的狡黠只让她对羞耻感到无知。
啊,她深信不疑:不索取
也不付出的人才是幸福的人!

现在她以秀美身体的形象
凝聚,但不面对任何人。
她在镜子深处的一部电话里
练习汹涌的回声。从没有人
在电话里用带电的口吻说话,

她也不:对命运她并无溢美之辞。
但我连耳语也听不见,我所能
听见的唯一的声音是自己的耳鸣。

那么,她是谁,她存在吗?
啊,其实她也想不朽!
她宁愿让莫须有的舞蹈中止,
成为钱币图案的花团锦簇中
永恒的一员:她轻薄而昂贵的一生
将被与其票面等值的交易所消费。
哦,何其不堪的一生!而我
是否会在一次零星的采购中花掉她,
并且不找一点聊作慰藉的
零头,
……回报她?

原载《红岩》2014年第3期

▍施茂盛诗一首

施茂盛，1968 年生。复旦大学中文系毕业。20 世纪 80 年代开始发表诗歌作品，曾获 1988—1989 年度《上海文学》诗歌奖、2012 年《诗探索》中国年度诗人奖。有诗集《在包围、缅怀和恍然隔世中》（复旦大学出版社，2005）、《婆娑记》（上海文艺出版社，2013）、《一切得以重写》（上海文艺出版社，2014）。长居崇明岛。

自画

他总觉得自己是股液体，每天从他身体流掉一点。
每每想起，便会有一阵战栗，从他喉咙滚过。
以至于每晚他必须关着灯，独自在书房里思考一个问题。
今天的问题是，他如何将一首快速消逝的诗捕获。

多么的不可思议！他认为必须从菜市场开始，
从每一根新鲜的黄瓜、每一把新鲜的芹菜开始，
他才能接受它的到来。而它现在是
一些无形的粉末，撒在精心准备的晚餐里。

晚餐后，他埋头于厨房，洗碗，抹地。
税务局小职员的妻子则在客厅，一边磕瓜子，一边看韩剧。
窗外，月亮清薄，在树梢渐渐隐去。
有一阵它似乎就在他的身旁，他却无动于衷。

他的苦闷是因为他只是一位未来的读者，
至今尚未坦露过自己的这一身份。
他甚至怀疑他每天骑着单车经过小镇的铁塔时，
已经忽略了它的存在，为了尽早完成一件公文。

现在，他在书房里纠结于是否应该尝试换一个话题。
这时候他才发现，每天他是独自一人加重着烦恼。
他起身走到阳台上，点了一支烟，望着夜色里匆匆的人群，
突然惊悚起来：那在一缕烟雾中快速消逝的是自己吗？

原载施茂盛新浪博客"文藏阁"（2014年2月6日）

▌扎西诗一首

扎西,诗人,生于20世纪70年代,现居沈阳。

我经历了自己

在写这首诗之前,我的痛苦

与你的相似:我们经历了粗糙的自己。

后来,像经营一家烟草店,

许多明亮的盒子,整齐堆积在货架上,

松散的烟草饼碎片,粗烟丝,

明亮的弗尼吉亚烟叶,

都散放在明亮的玻璃橱下面。

我的心突然点亮,

所有的感情都对应着笔尖,

反抗,和尖锐的情绪,

都像税官们简短交谈的顺便走访。

我接受了自己的拜访,

利用一个夜晚,恳求到这首诗。

随着它到来,整个人轻松了。

这首诗、这清澈而明亮的自我,

站起来招呼着你们——特别是你,

我久别的朋友,你没有

感到单纯的快乐吗?

原载《扬子江诗刊》2014年第2期

▎蒋浩诗一首

蒋浩，1971 年生于重庆潼南。编辑《新诗》。著有诗集《修辞》《缘木求鱼》《唯物》。2014 年获第二届北京文艺网国际华文诗歌奖一等奖。现居海南。

游仙诗

上

睡衣薄如易水。负笈西游的雌雄体，
早驭禽，晚调琴，夜半吹箫脚踩
高跷，过拱桥如履鼓腹。每寸膘
都燃烧你的不惑，分解腰间倒悬的
不等号：且听白头吟，不做江西佬。

河东狮吼盖因厨房里豢养的水煮鱼
要跃浴缸之江湖；河西柳鸣盖因
卧室的牙床上智齿要煽动标题党
反对把压克力枕头变巧克力磨刀石。
风对风俗做手脚，蜡染风衣藏蜂蜜；

假设的风景不如假想的风情更现实。
但假正经的第三只脚比假政治的

看不见的手洗出更多黑幕,拽住
地平线像是掏出一根过塑的万宝路?

下

呵,忙乱早市肿胀如盲肠。哈巴狗
懒洋洋舔着大脚趾喷出的长短巷。
鸡生猪笼,刘海振振;鸭生鱼筐,
刺青愤愤。隔日黄花偷眼青菜萝卜,
哪里是断电的电子秤和越磨越钝的

杀猪刀? 土豆芋头,装傻的双胞胎;
豆腐凉粉,装嫩的纯洁范。紫的
包菜胸衣,褶皱殷湿;红的青椒
耳坠,煽风点火。黄的红薯,黑的
白菜,绿的黄豆,甜的苦瓜,装逼!

呵,剥洋葱与剥核桃区别在于软硬;
切西瓜和切南瓜的刀法在于不变;
煎鸡蛋和煮鸡蛋都是把鸡蛋变硬;
给玉米棒子戴套像给黄瓜穿透视装。

原载北京文艺网《诗托邦》网刊第 3 期(2014 年 8 月)

▍王敖诗一首

王敖，1976年生于山东青岛。毕业于耶鲁大学。著有诗集《绝句与传奇诗》《王道士的孤独之心俱乐部》，翻译文集《读诗的艺术》。

新年夜话

诗的城市，音乐的有轨电车行驶在
雪后树枝的地图上，有一朵椰子味的比喻，也是风的耳垂

在我们的谈话背后，还有降落伞盛开
混沌，深渊，漩涡，都是它开的关于乌贼的玩笑，什么

世界的地基就是无穷无尽的长蛇
盘着一只大海龟吗，你的深呼吸，临时造就了深海的好奇

起源的故事，总有类似的黑洞在唱歌，尽管浪漫却武断
一个就自残造天地，双方则缠绵到今天，让毕达哥拉斯都无法

准确预言雪何时再次飘起，我们谁先入睡，颤动梦乡琴声的小地震

原载《山花》2014年第6期

▎张尔诗一首

张尔，1976年农历7月生于安徽，狮子座。诗人，定向出版人，策划人，现居深圳。他发起和召集过多项诗歌及跨界艺术活动，曾策划诗人默默和莱耳的影像艺术合展（2011，深圳）、词场–诗歌计划2011中国当代艺术与诗歌第一回展（2011，深圳，华·美术馆）、学院力量–中央美院师生作品展（2012，深圳）等。著有诗集《乌有栈》。2009年将中国传统官方刊物《诗林》从北方引入深圳，以民间立场和审美独立编辑，共连续出版刊物18期。2012年创办《飞地》丛刊，将小说、随笔、影（乐）评、当代艺术等多元文化融入到诗歌杂志。

疑似诗

夜屏蔽了喉，黑暗，如巨大的枷锁遁形
夜黑何其，夜夜危急而破空临，脱离环
生的险象，失之以侥幸的理论癖。口腔

呛了益生菌，斐然的物，顿开隐生的茅
塞。时代分子的谬误被袖手旁观，取其
一而窥全豹，取恼羞的脑门，诵金刚经。

复杂嘛，确关乎因缘，机械之迟钝令人
慵懒，他是他她它，他是瓮，抖出无限
洞开的光明。细致，乃是一盘冷蛋的淡。

是戏剧,是诀别,是贪图,是左,是倾
锁链,勾出一道隐秘的恋物弧,轻触一
扇永恒的门。灯影黯谜,星火巧扮妖娆。

烂衫在遨游,汗腺张开半身无雨的轻佻
神秘自不堪假设,不以人,不以讹,不
以布衣褴褛。飞机且低旋于铅块的疑云。

原载《六户诗》(长江文艺出版社,2014)

┃ 周公度诗一首

周公度，1977年10月出生于山东金乡，《佛学月刊》杂志主编。著有诗集《夏日杂志》，诗论《银杏种植——中国新诗二十四论》，译有《鲍勃·迪伦诗选》等。编辑有《第二届中国国家诗歌节·诗歌专刊》《2008—2009年度中国最佳诗选》等。现居西安。

这么好的信

为什么没有人给我写信
写一封这样的信：
信里说法国式的接吻
说春天，小城和溪水

说亲爱的，亲爱的。
说"秋天很美，很美
旅途有一点点儿
旧信封才知道的疲惫"

说我喜欢你这样的人
说出许多质问和省略号
说"祝好。某某。
某城。某年某月日"

原载周公度新浪博客"长安杂志"（2014年7月26日）

19

┃吕布布诗一首

　　吕布布，女，1982年生，陕西商州人。著有诗集《等云到》。现居深圳。

春天里

在阴凉的三月，
为"丘八派"献上格仁拜因，
为闪翼者，
德语系一颗狭窄的心，
在羁旅中，囟门恢复了单薄。

为慢慢幻念的诗加强差异。
我的煤灰意志，
不考虑日常的鲁莽，
只有受限的未来，
只有提出几条尖锐的伪价值

诗必然地抽象。
诗的自由深陷
自由的异端，
总让软弱的我投效幻象区，
雨，低压着眼睛

找寻新的面孔。
他说，要把诗存档银河系，
把盟友的名字缩写，
在咆哮黑海和绕极的希腊之夜，
播下盐的字段。

当奥维德的爱药散尽，
伊卡洛斯拍打着他自制的翅膀飞升，
当我玫瑰颊的男孩，
拥有纯潜力，
在苍茫尘世，我又听到他说

地球是盲目的，
老于打转，而我
是地球的弯曲和扭曲，是
多维时间的一截缓期。
激进退去，我的遗忘

在另一人的汉语里，
另一种反刍与词对峙，
是诗增加了记忆的重量。
一次傍晚敲下的回车键
成为命运的欧米伽点。

是诗与现实相互动量

产生那种独特的伤感，
让我迷失，让我沉浸于无人！
而他，倾向于失建的机房，
不提示，他痛苦的木马

插入式嵌入了我，
他的血，甜，
有惊人的易融性！
因此，我的情感甚于初始，
我的场，瞬时地伦理了——

原载民刊《诗篇》第4期（2014）

▎王单单诗一首

王单单,本名王丹,云南镇雄人,生于1982年,有诗歌若干发表于《人民文学》《诗刊》《诗选刊》等刊物,入选多种年度选本。参加《诗刊》社第28届"青春诗会",获首届"人民文学·新人奖",云南省作协第二届《百家》文学奖。系云南省作协会员。

后将进酒

扑尘归来兮　怀揣二两清风

扯七尺星空缝补这个城市

华灯照古邦　别了丰乳肥臀

弟兄四五　笑谈风月醉乾坤

中途　尹马君来电　东篱无花

南山相去甚远　独坐黄昏

在一首诗中　与斜阳打赌

庚哥　汝亦官亦文

天下风月　点缀大生活

偷得浮生半日闲　一片桃花一片佛

常兄　尔之先祖　碰倒元朝龙椅

马蹄之下　抢出洪武建文

一谱续今　你拾起一枚金币

城市的缝隙里　做个三流农夫

安尔君　杯莫停　万古愁与尔同消

牧童遥指杏花村　大雄丽影中

你的七姊妹花　扶着城墙　笑死春天

兄台朱江　何苦与朱元思书

从黄金屋出来　颜如玉在我身边

忘记在斯卡布罗集市的日子

上帝干杯　我们随意

牟兄　一介书生　喝干唐朝酒窖

把自己喝成高压线　烧断保险丝

南大街上　薛涛 鱼玄机　为你灭火

莫急　前世缺席之酒　再满上

今生未尽之兴　先饮尽

百年之后　若吾与尔等缘尽此生

誓别杜康　不谈风雅颂不论赋比兴

来来来　端起酒杯　端起你　端起我

莫问今宵酒醒何处

赤水河畔　月映乌蒙

原载《诗刊》2014年6月号（上半月刊）

▌白木诗一首

　　白木，男，1983 年出生于湖南，1996 年开始写诗。曾获过奖，驻过馆，支过教。

从时间开始

太阳开了
水活了

不要忌禁
白雪公主到了加勒比海
或者成为阿姆斯特丹的一只流莺

把玩琴键的节奏
比流水更快。唱——

你要想了解世界，就从我裙底的蕾丝开始
集中营，纪念日

有这么美妙吗？
拿去做梦吧

雁鸣；留白

怀念

最低,是童年——被好奇震响远方,被神秘封锁灯光
欲言

刚碰见的——声音
会弯曲

还有视线的触角
那么轻

就被弓在树叶上的风刮进文明地带
另外的
记忆瓦解——

最后。走向教室的泪痕未干,在学会拼音的早晨

原载"阁楼诗歌"微信订阅号(2014年2月21日)

▌黄圣诗一首

黄圣,1983 年生,湖北黄梅人,现居上海。

测验

我拉上电,那灯罩里有个不灭的
一次性。犹豫吗? 当不必要吸着气
在拉扯,夜,在褶皱里舒展、掂量
以不必然而必然,这就是巧夺

写,又不尽然去写(轻取一次)
被诱惑对于克制的胜利,但保持
……不饱和量,
……保持摩擦力,讲究的一次规劝

换行,在校验弹力和断续性吗?
这不同于过七座桥但要一次性走完
跨行,再往前走回内室的黑暗
在被持续的颤抖擦拭得有些干燥后

现在该浇灌第二个主题。
中途插叙进一个陈旧观点:
昼夜不通风的室内空气指数

……堪忧吗？结论是新氧
攥在每一次完美可能的手心

放行,否则枯燥法官将你控诉
很快时间和时间撞击的弯曲声
假定是,投递给黑暗的惯例邮件
要拉开电灯书写新的一封了

"涡轮在风箱里打转,
客观在毛茸茸的生长。"
重写的意思不是提醒你注意下楼
结论是:再走得远一点。

原载"阁楼诗歌"豆瓣小组(2014年1月14日)

▌墨研诗一首

墨研，1983 年生人。习诗十年，未尝放弃。现于清华大学中文系攻读文艺学专业博士学位。

新档案

一

城际间隙中的诱饵船，在滚水中飘舞如发酵的人
老人，白发人，城市环线像越转越累的呼啦圈
不停地下起的酸雨，你的私人故事，沾一根鱼骨
浸入脑海的孩子，出水夫人，把肉身像和面一样
揉进对每个不再互赔不是的精神病友的兜里

故乡是灵魂的画皮，在谎言和无数倍的谎言间
做一个了断，藕断丝连的皮肤之涩，爱意之滑
太滑，溜向慕名而亡的思维边际，蹲在神灯的
灯下黑里。在器材和电子间徘徊的幼狮，死活
想不起嘶吼的分贝数，古风在鱼人指尖脱罪

耍漏洞，耍偶数，痛下狠手的神迹在耍儿童
俯下柳体之躯，知道了，词组险被下毒。
禽兽越自由越像是人，人越氧化越进化如虫

微弱而微笑的痛爱,不用半岛知音,叩拜眼神
最年长的一位神,在人群中是分期付款的主

搬茶砖的工人兼职你婚姻誓词的缝纫工
文火扑灭了嘉陵江,为古书里的彭德怀发年终奖
造句都被美食app破解了,穿梭在人汤豆腐里
每个禁卫军的演艺工作坊溜走一只明星猫
放得开就收紧,受够了就学习人品。短视的望远镜
把四重奏除以长短句,余数凌空除尽哭声

这世界比我们睡得太迟了,醒得太早
味道太厚,后味儿不足。你捧自己的脸看看天
防腐的自然背景锐化了每一次叹息,你的
如果还活着的兄弟姊妹,抑扬顿挫的推或者脱
需要陪梦的权威者,同床的鼾声如大众的

飞扬、纷扬的沙砾眼,有的斜视,有的失焦
关于地界的灰黄的晃,幽幽老弱,奉公加热的拥抱
制度化养心殿,人与人不如人与图片,不如二维码
不如灵肉职称的一次次审批,自造路口只为分歧
自我翻译只为到此一游,亲吻最重,自沉壶中

夜深不可葬,封山恰似留种,火辣辣的铜
和臭,绝育的母亲河或者意图偏北的路痴,爱攀爬的
人梯,你真以为这里有一个烹饪课般的教学? 一个同仁堂?
继续饿自己的肺,渴心里的饿神,你恨不了自己,尽管你想

特惠的电视价值,新婚的家猪,豢养的太阳,或者浪
所谓酥软的海洋,芝心海岸线。从葱白走到雪白的导航
遭殃的恐怖,防空的天空,非要笑着领温度的降温费
非此不可的脸颊,坍塌如瘫痪的少年楼,楼里有光
尘光,仿佛轻轻走过就酒而歌,仿佛陈梦救世而来

二

幸运家属公司的客服飞向贵阳,奇怪的是,他们并没有
翅膀。而用如果和除非这两把神剑斜穿大地的特伦纳河
抑郁般热着,像是把冰川保存在一尺见方的微波炉中
当年就有人失踪,后来大家都去乡怀病,托起黄帝的新衣
陪小儿辩日,在日晕还晕着的时候在斑驳的尘土里吹一片
果然的天然,尘嚣就是吹管乐团最后一次谢幕的掌声

假山握起一颗放射性的拳头,岩上水是积雨云的后半生
在阴雨中,因为感受不到人肉味,我们把休戚和惭愧都献给猫
是不是给河北饭店改一个锦瑟的名字,阳关就能现身近前
天际太热,信任的线索不做须臾假账,灰熊更名
像叔父们般叫做前方,用目光发新货。就算没见过家人
的工作室,你也知道他们正在计划什么。而天空中的阴霾声
脆响,配合开门技巧,造访天堂,然后呢,学做天使

放得下际遇,放不下预谋,尽管无言西楼,尽管醉西厢
西化不是眼眶的铆钉,一笔米黄色的麻烦。既然表意亲疏

就着数据库呼噜，奋身则必输。折空气，折出一套独联体
这花纹好看，胜似罪咬合着罚，胜似你客做他语，笑嘻嘻
方死而为人。行者落幕，人体上的旅行家，像是抽空来个
哥俩好，羞怯成服务家，抖落辩白，变身无词凤凰

无可厚是，无可厚非，明德者不明深度的热力学定律
依然是个热工白话，说日期的见证是园林规划的时尚配色
递上手术刀合约，才有机会弥合天地鼻泪管，看热闹
是专家的托辞，东欧的小心思，跟着花萼女性学审计
跟着智叟学临渊羡鱼，走向门口，从大门走向
海棠。恐怕迄今最大的失败是对谎言的遗忘，其次是
对真理的疑问，还有承认失败就是坦然接受美梦

雨燕放开收紧的银根，了不起的挥洒，在绝望中
挥动虚假，都是成本，房价都是看不见的公共几何，几何
都是夸克。软件中有效果药丸，站街金融街窥探香炉公务员
不容你回家学管理，上班绣芦花，那个路口的摊位栩栩然
虚化，电脑的火化炉电脑化，就像图灵的舍利是新的右键
算法借住你的房间，房屋借住你的思想，黑瞳里的算盘
拨乱梦弦琴，看过的躲在眼下，听过的躲进风口浪尖

那我说我们就不需要四元化了，让快感去流浪中延滞
给形式工厂的工人拨遣散费，用辩证法给卢卡奇办退款
这个二级木匠，方便了誓言家，便宜了唯哈勃主义徒孙
饿死过交互回忆录，馋死过锈蚀光和社情天文台，累死过
洛阳亲友。过得快还是活得慢，感觉比知觉要强，一向如此

行书滑坡体先来居后，还用伪命题脚注写伪命题研究：
费尔巴哈的海豚游累了，躺在今夜的败笔上求和不得
隔夜的惭愧不值一提，毋宁遗忘，估计还能有梦想由此而来

三

话又说回来，原油价格加重了环线的血栓性静脉炎
幽囚的忍术疏通道德包裹体，在马路延伸的澎湃
和无奈中，每个小事件对钻石保守主义的执行
让每一年远去，还在混沌剧社的谢幕剧里无常对句

难道除了说就没有别的办法说了吗，难道不再
需要诗了吗。有那么多故事，每个小说穿堂过市
剧本像对抗干燥的倾盆之雨。游动的还有评说、妄论
在废话的海洋里，海平面上是史诗喷出的巨型水柱
跌落成海星，瞬间被虾蟹分食，难道不需要疏通下水道

现在还有四肢健全的人吗，这不是功能建议，也不是
左派技术入门。那又是什么。真正的演员从不租借场地
足迹的动产远胜带露台的不动产，土地里有一行字
灰溜溜地钻进去了，像举着文学修养小旗的蚯蚓
它的个人简历还在我手上，语言选择了步履的基本型
却并未选择标点。疾不可急，继续章程，继续羞耻

水甜味儿的梦才值得一尝再尝，就一点点，仇怨做馅
一擎火箭般飞天的神木，在天顶回撒落叶，壮观

就是见犹未见，正如微妙就是闻所未闻。正如各种评价
就是庆祝评价史的到此一结，结论就是评价的外遇

不要轻易比喻，比喻轻易可以用水球，也可以用铁锈
仿佛肥胖真是金属之病，仿佛战争能收藏爱意的陨石
罪恶和死亡，个人贩卖超热量的官方网站，就在每个火药虫
的身上，每个信用卡的刘海上，营救一个失去热泪的禅悟

现代人也是人，古典也是现代的茯神，预习古典的现代
在马赛里又输了前半程，后半程带走了一个叫本雅明的
萨满。让突然间官方化的花收缩，或让速生的民调报表
绽放，调解人擅长赞美外表，游说客却捡起了菊石的角

亚特兰蒂斯的客户关怀是平面化的，酒乡使馆今夜酒洪不退
推动摩擦力的妇女计划，是否格外需要八面奔突的本土立场
是否恰恰需要不止一次潮汐的DV现场，需要不自动的心肠
五月份和人身的自由结核菌能健康成长，还可以开出黑桃
勤勉一点，撕去一角，一夜长老的不知自重的自嘲

假人熬多少年才能成为人，森林熬多少年才能成为琥珀联邦
一位口衔武术秘钥的秀才在挖，在这场重新挖掘大气的
传统赛事里，势力服务器适时播报，看暴力能够多么深刻
看辞藻何以藕合，背云翳去南柯。最后两人对坐，使对方错过
对方，使康德蹑手蹑足绕过，使语言称为孤儿，归去来

四

不要想当然,不要不想,当然也可以倒过来想,思维如何
倒车、倒带、倒灶,把爱说成摊薄饼,把爱国说成添油加醋
不说添置土建是期待结果圆全,像每朵想象出来的沫花
飘舞在半清醒半哲学的峰值里,每个后工业的好人抱在一起
距离感超过五感占据首位,举个例子,当代史没有出版商

温度是最标准的度量,温暖就是不要设想可能性的自燃
和淬火。钢筋一根根插入调查员的旧账,资本主义方尖碑
被工人阶级主教玩弄于股掌之中,水袖白领不喜欢新世纪
就像游戏不喜欢暂停,新闻超跑不喜欢红绿灯,正如农村
长年反抗城乡结合部,思索每一艘电梯的原动力,是否有一天
混凝土般的利益集团会冲出天台,升入银河,是否云就是佛体?

外向型自闭症联盟如何自治,体制不过是各人体质的表征
青鲢的赛博体系价格波动,时间无数次虐待空间,空口无凭
有货币雨为证。一步步求证就是原始共产主义,反证法适合
原教旨还乡主义,在宗主国间的对话里闪过去一个人影,黄山谷
他第几次溜进了享乐主义创造社,追一个红衫的空白女孩

女士还在正步走,历史反转,就像运河,就像河界拦阻奴婢
模棱两可的经验厂矿分局,非此即彼的短路教宗相互腹诽
情人会晤仿佛光合作用。种群联合会是家族外交的私有化
或者虎斑草原兔标记了广袤的物权法,吞吐的暗流拂过最后的

山寺桃花。可度量？渡人者自渡，缓慢的白帆锐化光明的暗部

油轮的拟人布鲁斯，长驱直入的人事，鄙薄无情的春色
在东方海关的第三道闸口前迟疑了，一个顿号就占据了一个
吨位。万吨级的广播，千万吨级的院线，收起来就是雨后春心
只能俯瞰，崇拜他人的环保核弹，绿色毒品，善意权威
停留本来就是个悖论，就是日光的佛珠披散在天津港，北京焚香

今年的甜橙腐败了去年的出版公开赛，波黑和波兰从记忆中消退
像布道旅客不过是新型日落的营销手段，在理性不足的油烟里
争吵也不过是人声的再投资，那么农民的唢呐协会和不健康档案
如何保管，在匆匆苟活的呐喊和惴惴不死的张力间，印发扼腕叹息
俄文版，真的急不可耐吗，蜻蜓点水真的是初级飞行员的危机公关吗

静悄悄的牺牲，这一定是不够好但足够有效的诗歌开头
甜心或者静息都被量化了，日食承租了明日新政，倒是低廉
有偿贫血已经成了经济学常识，坐看云起是后现代宣誓仪式
那天你做了一个奇怪但健康的梦，命运作为低俗字眼从你的诗句里
被勒令删除了，同时，偶数、党派、电信、疟疾被强行加了进来

五

琴歌、情歌、单跳、双跳，道听者听，听道中人啸
听大秦欢笑，远洋飞架波罗的海桥。只能听就够了
听空气爆破，撞击声在万千尘埃上打反拍，颤音坠落
雨落心喉。大使言真事，是雨包容天地满眼，还是鼓槌

楔进山川。留白吞天，在后文中绕道细察，绕过来一个佝偻
蹇蹇窣窣正是真音，喳喳吱吱是农妇的选举权，她羞涩如云

谁都被抛弃了，问题是被谁抛弃，童年远景或是权术戒毒所？
告诉你，你是谁，这就像往冰水里倒火，往陈腐中插电
不插电去隐喻协会信仰遗失，遗产税自然抖，如蜥蜴镜中之尾
九十岁的婴儿，新鲜的跨国读心专家，嫁给他，一枝庄稼
天真的天启枯木，随邪崇流转，入夜成鬼，阎王深陷贿选丑闻

空洞、无用、淡雅，还有自在，就是价值的全部所有了
脂肪化的井田制，行走在水银覆盖着的崭新社区上
电力分享是古猛犸的临终项目，地球是最大的掌上设备
青光眼、腱鞘炎，无知多损无益，止损是新石器后的第一法则
第二法则是玩笑，让张扬返归想象，一个跳恰恰的老人怎能退休？
只有静思、翘首，看她直面而来，双手齐天，两岸无神
是戏彷戏展现着一切，村庄向阳，聚丙烯山寨了形而上学

醒忍者醉斩睡忍者，在谁的梦里？沉默是脑中泽国，正如
懊悔是情感爪哇。邻里贸易出现粥状硬化，多硬？像化石？
纳米界起草了显微中立建议，这事唯有三军用命，底线划一
视频准时出生，在每个角落里，电子眼扮演接生婆，她生硬
而诚恳，视像在不断的修正中变蓝，顺清洁色上溯超新星

故事不就是事故吗，演绎不须假说，尊长者立刀成佛
佛国有效，俗客有赏，重赏，弹道里疾驰的贝斯手
赏我们半晌肉滋味。重印的边境债权书，用盲文，续写

资本主义毒舌。伪装社交竟然成了唯一线索,生活被撕成网
格线,琐事在吞噬传统赛事,然后点击率蚕食了五指山
交易权从半年史中缓缓下载,匆匆走进,匆匆走出。二律背反
被说是爱,爱被说成是寸土不失。鼻尖下的寸土是寸空
是一寸空一寸险,多险? 不如放弃言语水彩,让后来纷至沓来

原载墨研(研)豆瓣主页(2014年7月20日)

▌厄土诗一首

厄土，诗人，生于1985年，甘肃宁县人，毕业于南京大学。写诗兼或译诗，有诗集《昨日之树》《舌形如火》等。翻译有詹姆斯·芬顿、齐别根纽·赫伯特等欧美重要诗人作品。现居上海。

挖掘者

对最庄严的事物不屑一顾
美妙的眼神，如同拥挤盘旋的枝丫
透过那里——
"我居然可以掘出一个地狱。"

是啊，居然可以，居然可以掘出地狱
从上帝往下、往下，到处是天空
可怕而又诱惑的天空
从我这纷纷竖起的汗毛上，
吹过恐惧颤栗的风，
永远也吹不散的命数与存在
呈现不存在的形态

那些意志的变形，消散的苦痛
无休无止的鱼贯而行，天空无休无止的鱼贯而行
地狱无休无止的鱼贯而行
浅去踪影的障碍不得不停顿
不得不穿越盘驳的枝丫鱼贯而行

苦难的果实，压弯栖居的枝丫的巨大力量
源自地狱，那些嘴巴突然张开
它们早已被晓谕沉默的意义，
面对这美妙的眼神，掘出的地狱。

原载厄土个人诗集《舌形如火》(长江文艺出版社,2014)

▍包慧怡诗一首

包慧怡，女，1985 年生于上海，文学硕士，译者，中古英语文学博士在读（爱尔兰都柏林）。已出版译著玛格丽特·阿特伍德《好骨头》、F.S.菲茨杰拉德《崩溃》等八种，著有诗集《异教时辰书》。

诗篇

（《异教时辰书》之三）

孤独聚敛灵魂的深蓝色光束
如在寒硬的宝石中
即便使用精灵的纪年，我已等待太久
那干渴已结成翅壳乌亮的萤虫，从此我有了
浮夸而剔透的飞翔

我多么愿意降到大地上，由一位吹拂者
引我穿过流水潺潺、虫卵簇拥闪光的深林
与他保持忽远忽近的距离，致命的跟踪
无力消停。我听见第一场蓝色的雪
寂寂羽化的声音

他不过是在走向雾状的没落，单薄的背影
在陌生蕨类上幻化锋利的骨芽

蓝莲之溪汇成清冽的笑涡,这一切早被记载

有一种液态的编年史

正静静流过林间的石磨

没有面容的吹拂者沉默地踏出蓝色

——请暗示我:如何真正观看燃烧

才不至焚毁自己? 那起初与最末的朦胧蓝光

以怎样的法则切换着星系? 暗示我:

你所迈入的那扇镶满晨星的拱门

可会反转?

有怎样明灭不定的指令?

原载"上河卓远文化"微信订阅号(2014年9月24日)

周鱼诗一首

周鱼,女,1986年9月生,现暂居福建福州。

诗

1

化妆盒、布袋、油画、褐色钢琴、天珠、
空调、一张4A纸、床、枕头、悬着的灯,
每一样事物,都是禁闭的喉咙。
还未发出声音的诗。未抛光的刀面。
　　拥有的名字都是
——假名——汇聚起一大团
沉重的黑雾,
庞大的身躯充压整个空间。
当灵魂的蜂鸟还没有来——刺出小洞,
就没有一首诗被认领,就没有事物被需要,
没有鱼露出过阴天的水面
　　——呼吸黑衣上那枚袖扣的光亮。

2

一个粉红色的女孩,踮起脚尖想要

摘一片叶子,她的裙裾成全了
这个黄昏,让它区别于其他的黄昏。

而转眼,她的身影很快消失于那棵樟树
背后,粉红色的失落
也是成全的一部分。

这个景象,让我幸运地
获得了诗
——不是我此刻正在试图说的,

词语,在努力地说出消逝;
又永远无法全部地说出——这令诗人
满意。

3

又一个黄昏,我经过一株及膝的野菜,
我没有将它认领,
也许这也并不那么重要。

世界在我以外存在着——
一个沉睡的美人,口中含着
不可被企及的珍珠。

我纯粹地经过这不知名的,像经过

我会爱上的人，
但没有深谈，就错过了。

这的确不重要。它仅仅不被我拥有。
它似乎在那里已经很久了。并且
对所有诗人，对世上最优秀的诗人都不关心。

它内部水晶球般晃动的诗词，一早就被留下。

4

我的心跳得太快，我试图
抵挡那字里行间。在母亲提着菜篮
和她的实用主义离开家之后，

这世界变得简单而危险：
就只剩下一封信和我。
心跳让我呼吸困难。我沦陷
在一封情书里。

让我怕于思考，甚至丧失了所有能力，
连诗，也无法去分辨，因我已被拖拽进
——它的正中心，那藏匿着的令万物迷乱的内核。
那风暴的温柔。茶几上橙色预警灯不停的闪动。

5

这一夜来临时，他代替了诗。

当我问他一个问题，他没有
用语言回答。就那样走向椅子，然后
坐在那儿。

只有黑暗正在我扫出的空白里
填写着什么。同时
隐去他的面孔。

他的外衣，比他的其他都更为清晰
—— 阴影在上面纷纷落下，愈加丰满。
最后他的轮廓凸显：

—— 一只器皿。

6

因为诗，我变得沉默。
（写诗的时候，和不写诗的时候都沉默。）

沉默是圆形的，蜷缩着的一只瓷鸟。

不需要食物的供给。

它不能将其鸣叫的事物有很多，

好在它已经足够。

原载周鱼豆瓣主页（2014 年 8 月 19 日）

┃江汀诗一首

　　江汀，安徽望江人，1986年生。毕业于青岛理工大学，现居北京，从事出版编辑、策划。著有诗选《明亮的字码盘》。

诗

他已经认识了冬季，
认识了火车经过的那片干枯原野。
城市在封闭，运河上有一片绿色的云。

进入黑暗的房间，像梨块在罐头中睡眠。
他的体内同样如此，孤立而斑驳，
不再留存任何见解。

可是旅行在梦中复现。在夜间，
他再次经过大桥，看见那只发光的塔。
它恰好有着慰藉的形状。

缓慢地移动身子，他做出转向，
在这样的中途，他开始观察
来自邻人的光。

原载江汀豆瓣主页（2014年7月7日）

┃ 刘旭阳诗一首

刘旭阳,1987 年生于河南商丘。曾获第七届北京大学未名诗歌奖。
现居郑州。

诗

在深秋,灯居住于语言的巢穴。
以何种方式,来擦亮一首诗?
隐约中出现的魂灵
来屋脊的水声里呼喊着来者。

她的音步拖着怜悯之心。
以雪的方式,我阻止
参与其中。
但危险已是注定的最末的巢穴。

扫落的深秋,日子连接日子。
当时间探入旷野,我却在观望中
满怀漠视——
可怕的向上而来的风窝。

绳索,言词的力量和意念的松弛
交换着液体,筑造爱河。

——最末

死亡也只是我粗俗的一次停顿。

原载刘旭阳个人诗集《苏鲁支诗丛·中国房子》(2014)

▌刘客白诗一首

刘客白,原名刘会宾,1987年生于河南登封,现供职于郑州晚报中牟记者站。

下午的诗学

捂着脑袋,这智慧的暖瓶盛满清水。降温了
几只蝌蚪还在神经末梢练习水性,你坐在石凳上等一首诗
这首诗也在等你。就像一个人
在等待另一个人,但是他们从来没有见过面
他们拥有的只是语言的频率,还有词语的变戏法
两个人的距离和一口井的深度差不多
只要用铁锹在院子里画上一个圆,雇几个工人
用不了几天地下就可以打出水,水从你的中心思想流出
流向歌颂、讽刺、阴谋,流向体制荒唐
水用来做饭和洗衣,用来给肮脏的双手褪去罪行
挖出的石料和淤泥对于一首诗是多余的
好吧,哪里有陷阱就把哪里填平。在井口装一个辘轳
用和词语一样柔软的绳子,绑上一个铁桶
就可以绞上满满一桶的诗,要多沉就有多沉
如果它跑起来,赛过猎豹的首领
没人去读它,它也是清澈的。一首诗在屋檐上下着雨
没有雨水,不湿润。你不明白

它是在等待一个人，还是一个人在等它

有人从这里路过，缺乏爱意，没有接吻就离开了

你在床上午休，把梦做到了这里，身体也跟着来到了这里

然后，打着伞从关虎屯蛙泳到瓦屋李

雨像责任一样大的时候，你就骑着马去南流

如果你弄湿了鞋子，一场雨的节奏就失去了父母

它供养的子女消瘦，没有发言权

如果你跟着主任学唱歌，一场雨就失去了卧室

这种情况只有在搬迁的强迫下才会发生

一场铲车开来，冲毁你们的性生活。

缸里的鱼挤到马路上，他们翻着白眼也望不到日出的海面

嘴唇有点干，你从床上下来，来到湿地

井里的水带着一群蚯蚓漫过三阴穴

和一首诗混到了一起。而，燕子飞的越来越急

原载刘客白个人诗集《苏鲁支诗丛·下午的诗学》(2014)

▍王家铭诗一首

王家铭，1989年生于福建泉州，本科毕业于武汉大学中文系，现为上海社会科学院文学所2012级文艺学研究生。曾获全国大学生樱花诗赛一等奖，作品散见于国内诗歌刊物，并选入长江文艺出版社《武汉大学诗人诗选》。

诗

朋友们都走了。到海边去
进行一次回忆或长谈；
到北方去，寻找那些
消散的白昼。
我面对着，一再到来的午后
感到一切声音的形象
在消逝，像阴影静卧，
季节的弦停止发动。

我写过一些诗句，
粗粝的沙握在手中。
如今事物都褪去光泽，
上帝的言词也复归平静。

我感到疲惫，如果我

更有能力一些，更懂得爱，
学会逃离自己，我能不能
做得更多？注视一个人的内心
就是喊出她的名字
埋到胸口、无处可去？

从不可能开始，无意义的
节拍松动着每一天。
我还没有见过这样并排的
虚无和永恒。

原载"中国诗歌学会"微信订阅号（2014年9月21日）

▌季稻诗一首

季稻，诗人，出生于 20 世纪 90 年代，现居广东东莞，大四学生。

诗的遗忘

你遗忘的信飞那么高
劝戒成了半睡的冰条

诗要怎么写怎么爱
我全都理解不来了

我只知道爱是绵羊和云
那诗是什么？你给我一个定义
每一个定义都仿佛是可以睡醒的冰，伞开着各类呼吸

不如我们
比比谁更柔软，柔软的锤子，柔软的暴风雪
你不伤害，只静静地晕眩和理解

要爱惜每一个字，无非就是爱惜我们的创造
但现在是你握着我的心，也握着我的速度。
而那些共同惊起的震幻，背后是醉星互相摘着自己

在我窗边，我的雨衣里，闭眼说睡眠的
光帮助我变成我所写的一切；但我的荣誉是你的
你的荣耀也必然是你的，如同，我是你的一样。

原载季稻（懒伴狂）豆瓣主页（2014年4月9日）

▌叶飙诗一首

叶飙,1994 年生,求学于合肥。

诗

——赠江汀

崭新的夏日,
树上猛烈的蝉鸣,为黄昏的道路
搭建起一道半圆的弧顶。
两个朋友走进去,
像走进一个寓言:新的城市
正诞生于每个旧的毛孔。

——记忆在此处打盹,
那行道树更换了新的叶子。
——如果拐弯,
那就曾是脚步所未到过的区域。
(几年前,他们那么年轻)

分手已接近八点钟,
其中一个,在归家的路上,
他看见休憩的运泥车停在空地,
他感到泉水一个劲儿醒过来,

哦，他低喃出一句话：

我们可以有
重轭下的咒骂和喘息，为什么
不能有漆黑的眼睛
像这辆黑不隆冬
像沉默无言的大地

原载叶飙豆瓣主页（2014年8月3日）

格物与剩余

陈东东诗二首

陈东东,生于1961年,祖籍江苏吴江,出生并长期生活于上海。自20世纪80年代开始,投身于先锋文化运动,是当代诗歌生活创作的重要参与者。出版诗文著作多种,主要作品有诗集《导游图》《夏之书·解禁书》,诗文本《流水》和随笔集《黑镜子》等。

火车站

（2014年3月2日,来自小曼的一个变奏）

并非昨夜,是另一个日子
是更多的日子
偶然性迎来又告别了某人
负片里一件黑色皮衣
银盐浮现流逝的脸

　　　　　　而昨夜
如此近;昨夜,无限远
混入呼吸的肌肤之亲
残肢和惊骇的油脂与血
火车站交叠着生死的叉道

偶然性有一位必然调度员
在白热的异城间摆布命运

一列车送某人重归倒春寒
一列车却载来
沙暴蒙面的虐杀之利刃

无限远，如此近……
残肢和惊骇的油脂与血
混入呼吸的肌肤之亲
……而宵禁的火车站
并不能阻止那个人返回

原载陈东新浪博客"陈东东诗存"（2014 年 3 月 9 日）

录于《独坐敬亭山》页边

山的面前,要有一扇窗

早年,那开发商
曾经错背过李白的佳句
而今已经不会再算错
得花销多少诵读的时光
才能买下
可以凭椟眺望的一平米
　　　　　于是塔吊开始
作业,为了像售楼经理
挂在嘴边的广告语所言

窗的面前,要有一座山

一定是抄多了古诗今译
寄居客搬进远郊小高层
厨房的平开窗独好
在水槽上方,框进西边
挖剩的山
　　　　　于是他沉湎

用素菜做红烧肉
用洗涤塑料餐具的
所有闲暇，去补皱
青绿断崖的横擦皱
直擦皱
　　　　直到百洁布
将玻璃擦成无，直到
岚烟里脱排抽不掉的雾霾
全部都拭净

　　　　于是他不隔地看

山的背面，抓斗车抓狂
暴龙的咆哮一阵阵呼应
小高层几只电钻的疾旋
刺进了水泥墙混凝的白垩纪
牙痛深处，洞穴被打通
更多的石材堆砌于装潢
世界在蓝图里星移斗转
无间无情只不过乌有
现在他打碎水槽里捞出的
密胺月亮，正当一声唏嘘
变奏颤栗和崩塌的形象
他知道或许他并不知道
即使
　　　　他依旧去欣赏

窗对面那个残存的轮廓

他也倦怠了相看的不厌

原载陈东东新浪博客"陈东东诗存"（2014年3月29日）

┃ 安遇诗一首

　　安遇，生于 1949 年，四川省大英县人。诗人。著有诗集《大陆是一支黑色的盲人音乐》(2002)、《稗史》(2006)、《后来我们说》(2011)，合著《王灼集校辑》(1996)。曾参加第 4 届青海湖国际诗歌节。现居遂宁–成都–北京。

看见

旧词一样的镜子
我的忘川

我经常摔镜子
我只能生自己的气

但它只是语言断裂
词还在

犹如国破家亡
还有一寸山河

故乡失守
还有爹在，娘在

爱你的女人
还是女人

我说，你呀
你呀

一个字一个字去捡
破镜子也是镜子

不怕今天
看见明天的大火和灰烬

原载《元写作》第五卷（团结出版社，2014）

┃ 高春林诗一首

高春林，1968 年出生。作品有诗歌、散文随笔、评论等几种。诗歌被翻译成美、英、日等国。主要有诗集《时间的外遇》《夜的狐步舞》《漫游者》等，以及随笔集《此心安处》等。主编诗歌选本《21 世纪中国诗歌档案》，以及《三苏》刊物。曾获第三届河南省文学奖等奖项。

雪自在

雪下的很自在。饮酒，不自禁
昏睡。碎舞碰撞了现实。
街道上一棵挂遍串灯笼的樟树在雪中，
远在红石山的父亲的庭院在雪中。
安宁这时在雪中，
我像一个与世界和解的白痴，在雪中。
雪像一个声音，绕我，
绕着这座干得皆是尘灰的老城。
雪做的马车预言什么？
我想起远山的炉火已不在我身上汹涌，
冬天的失眠症带来更多昏沉，
这声音是新的尖叫，类似女人。
我们的未来都深藏在我们每个人的路上，
一辆辆车过去了，再慢
也是瞬间，我一直想在我句子中添上

一根长缰绳，但多出的是风浪——
没有雪的自在。它在食着时间地下，
它在消灭着社会漩涡地下。
你别摇头。这里，也即那里。
"我们只停留在我们所在的地方就好了"

原载高春林新浪博客"高春林：说是又非"（2014 年 2 月 12 日）

▌草树诗一首

　　草树，本名唐举梁，湖南人，毕业于湘潭大学。1993年离职经商，2005年恢复写作。2012年获第20届柔刚诗歌奖提名奖，2013年获北京文艺网国际华文诗歌奖二等奖、当代新现实主义诗歌奖。著有诗集《生活素描》《勺子塘》《马王堆的重构》等。现居长沙。

水母

如今我站在语言的窗口眺望，
久了，也期待沉寂的门铃响起。
现实和语言之间耸立的山坳
需要有人从那边过来。
薄暮下走过一个孩子，扯着
母亲的衣襟。曾经叫嚣的马叶刀
再次刺眼。无妨：抽离仇恨，
仇人回到人。合伙人不再合伙，
难道再没有共同话题？
是否商议一次开发露珠、蛛网或鸟巢。
或许邻里之间一次小坐不经意
透露了时代精神，对于语言
不过是雾霾，客厅地板
一地PM2.5的微粒，但总要
好过操控语言的人：轴承冒烟

敷以黄油,热气或烟
立刻混淆了诗歌的定义。
当来了个真正谈论时代的人,
讨论建筑,却无关乎建设,
筹划建设,却无关乎建筑。
词语偏离本身,像灵魂
离开了肉体。唯发黄的家信
言辞确凿,酸楚酿成了蜜。
而情书零散,丝带失了光泽。
还能向谁寄信? 去火焰的邮政所
向虚无寄大包、汇纸钱?
人世的大海如此奇妙:
水母在两只接近的手上传递,
如花绽放,却让身体发痒,
淋漓的美含有多么罕见的毒。

原载民刊《元知》1403

▌杜客诗一首

杜客,原名杜海斌,男,1969年5月出生于浙江嵊州某山村。从事小学教育工作14年,现在嵊州某机关谋生。1980年代中期开始习诗,1990年代起在《诗歌报月刊》《一行》《反对》等刊物发表作品。

柿子诗

一个世界疼痛的收获
——保罗·策兰《苍白声部》

秋风起,你全身都软了
秋风起,你浑身都甜了
当你打起满山的灯笼
我就满眼星辰般的旧火

面对心肠,你更愿意比软
软,就要软成一个对手
软一分就安全一分
但比骨气,你依然有一点硬

面对命运,你当然要比甜
甜,就要甜得像同伙

甜一分就危险一分
但比谎言,你依然有一点苦

软,是你一生的事业和宿命
甜,却不一定是最后的命运
当你在成熟时开始告别
我就在晚餐时开始早餐

你告别枝头但不告别山河
我告别时光但不告别秋天
当一片片落叶寄来一封封春天的旧信
突然的夕阳把我照成明天的旧影子

原载《越界与临在》(长江文艺出版社,2013)

▌刘年诗一首

　　刘年，本名刘代福，1974年生，湘西永顺人，现客居北京。曾参加《诗刊》社第29届青春诗会，曾获华文青年诗人奖、《人民文学》诗歌奖。著有诗集《远》。

青草湖边的木屋

想停下来，像一只瓢虫，停在丝瓜花上
想掉头而去，给繁华一个背影
像水一样，躲进芦苇丛

想跳进湖里，水下有青草、岩石和阳光
水如母亲的手，抚遍全身
想把泥翻起来，捡黄鳝。带回去
炒干椒与生姜。想种葵花、豌豆以及燕麦

想在屋檐下，等雨住，等青苔
顺着石阶一级级爬上来
想取下斗笠和蓑衣，去水边
在岩石上，看断云，看此岸的青和对岸的白

想挑一下桐油灯，让它更亮一些
看一封字迹潦草的信

抄一段《心经》。一首很好的诗
在藤椅上,把身体放平
观星象,分辨小熊座与大熊座
明天宜赶集,理发,纳畜,买书,有客从北方来
小黄狗睡了,蜷在怀里,鼻息均匀

想有个黄昏,葛勇来过。要赶飞机,又走了
门槛外,放着榨菜、酒坛。还有钱
纸条上写着一首五绝:"访刘年不遇……"
把船撑到湖中间,那里有许多风
开坛。葛勇酿的高粱酒,口味极淡
湖里游动的,有些是星子,有些是萤火虫

想养九只鹅,不用喂食,每天早上,它们
自己下水,找鱼虾吃,晚上自己回家
而且会讲究队形,会咬陌生的人和松鼠
想有一枝猎枪,带瞄准镜的

想有个黄昏,我正在钓鳜鱼和螃蟹
屋顶上,谁把炊烟,烧得如此歪歪扭扭?
跑回木屋。灶边,你在手忙脚乱地做菜
你围着一件粗布的细花围裙。手轻如湖水
生的松木,烟很浓。熏出了泪
想你学会了游泳,像一条白花花的八爪鱼
向我扑来。鸥鹭们惊慌失措

想用小半天,观察植物的长势和性格

关心包谷,也关心金钱蒿和鼠尾草

想用余下的时间等,等一场雪,不分南北

等一次潮,不辨沧海。等青苔爬上裤管

等一个人,像怀里的小黄狗一样,幡然醒来

原载《新诗刊》2014年第1期

▎吴情水诗一首

吴情水，原名宋劲松，当代诗人，1977 年 12 月生。湖北新洲人，毕业于南京大学。曾求学与南京大学中文系和任职于长江文艺出版社。2003 年与评论家张桃洲博士创办艺术先锋杂志《南京评论》。出版有诗集《宁杭道上》《雪在何处醒》等，另与张桃洲博士合编有《南京评论·年度诗选》。现居杭州。

纸蝶

真理里逃走的纸蝶落在时间的反面
我爱她的脸如春天撕下一片花瓣

这不是西湖水上飞的蝴蝶；不是
桃花扇上绣花的蝴蝶，不是
庄子与星辰对话的蝴蝶……
她金属般腥涩，鲤鱼般活泼
她穿越象征的丛林，生于传说

真理里逃走的纸蝶落在水的反面
彻夜无眠，忘情跳舞
她和如水的身体互诉衷肠
她是器乐而不是乐器
"快！搂紧我，亲吻我，抚摸我

饮光我隐秘而快活的血"

黎明。她随一位神秘的知己委蛇而去
细弱却快乐的夜色,被她一点点擦掉
这个绝望到疯狂的女主角
在快感,铺满伤害、背信和僭越的纸面上
为我写下一生不解的谜题:对幸福向往不止

真理里逃走的纸蝶落在生活的反面
自她之后,我们活在隐痛中

原载吴情水豆瓣小站(2014年4月3日)

陈兰英诗一首

陈兰英,网名:深深的雨香。生于 1977 年,湖北大冶人。2000 年毕业于湖北医科大学。2009 年始诗作发表于多家网刊和民刊。现任职于某医院。

水果

四周是寂静的,它挂在空中
或者它是寂静的,而四周挂在空中。
端上盘子,雪盖着文字
是它最年轻的一次。
从海水中退回的波浪
每年都有露珠来觅食。

不应该说,那些枝叶凋落
如深长的记忆。长廊繁华如影
不说一片幽暗如风。
唤一声,有千万声作答。
你在等你的心意,等你心意的贴片
从界面的无尽处缩回,宛如开花的手

镶入故乡的魂魄。
四周是音乐的,它挂在空中

或者它是音乐的,而四周挂在空中。
咬一口,水中颤泣我妖艳的果
终被唇齿分开的果……
水落,千曲入梦,一曲独醒。

原载陈兰英新浪博客"你每天遭遇的孤独"(2014年6月4日)

▍张伟栋诗一首

张伟栋,生于1979年,文学博士,从事诗歌批评和中国新诗史研究的工作,现为海南师范大学文学院副教授,曾获北大未名诗歌奖和刘丽安诗歌奖。

猫与狗

我的猫先是在收音机里,后来到了我的床头,用爪子梳我的头,
和我吃一个碗里的饭,它说喵,就是吃。
我的狗先是和我一起上学、休学,后来到了照片里,它从不说,它的
　脸就是语言。
它们都会歌唱,喉咙里有个小小的上帝,我就是它们的墓碑。
它们都留下一个地址,在我的语言里留下它们的猫与狗、落日。
在微光里,我用手数着它们皮毛下面的椎骨,也同样有人数着我的。
我用手探入它们的腔体,也同样有人胀满我的。
它们留下、带来怎样的一群人,它们说喵,就是吃。
吃,就是鱼和骨头。它们牵着一群人,加入它们哭腔的合唱。
它们打开冰箱,遥远的北方,里面有冰冻的肉和骨头。
它们的歌唱,就是我们的语言。
我要回去,我要留下,我要沉默的像盐和雪。

原载"中国诗歌学会"微信订阅号(2014年8月11日)

▌赵晓辉诗一首

赵晓辉，女，1979年出生，山东胶州人，北方工业大学文法学院中文系副教授，2007年毕业于北京师范大学古典文学专业，获文学博士学位。主要从事古典诗词研究，间或进行新诗批评与写作。

古镜记

你来自何年何月？这似乎是个永恒的谜
如今我废弃如空址，而你却隐遁形迹
自称灵物，兀自夜奔向我，如飞鸟投林
该怎样勾勒呢？你有火焰与水波的质地
我不明奥义，却如凉风有信，夜夜看你
挥霍那婆娑的舞姿。我也曾以虚空反复

摩挲你那美丽而繁复的纹饰，并看那些
绮靡的铭文如何承接清露，一点点墨入
影子的冥想，像是一个被牢牢钉进夜晚
星相中的典故：久为人形，阅人多矣
早已羞于提及那前生的形象。你的固执
便是他人的梦魇，我的惊喜。君莫舞

且看今夕何夕？多少云屏掩去了濩落生涯
而我甚是疑惑：这徒劳而美丽的纹饰

它们蹲伏于镜壁周围,仿佛窥伺一个
芬芳的深渊,里面映现出沉沉的药与火
却已炼就了更深的胁迫:是就此坐进
这更深的镜中,成为镜子的一部分

如虚无荷叶般迎举更敏感纤细的照耀
还是在浩渺的镜外逍遥,蹉跎,容与
与那神秘之光相克相生? 我不明奥义
却从未离去,从未丧失对镜子的钟情
岁祀悠远,河图寂寥。有时,你命我
端坐如一幅仕女图。我却质疑你的光线

日渐菲薄。我欣悦时,镜子会于匣中
歌唱,吐光,盈照一室。我戚然不乐时
镜子亦昏昧沉沉。那些被你照出真实
形迹的白猿、绿龟、鼠首,善舞的歌女
不过是些虚拟的云路,以及纸上烟霞
早已不能满足你永不疲乏的祛魅之心

世情如毁,而今何意? 我们兀自沉湎于
古老的游戏:奔月,乘龙,飞霜,秉烛以及
相对坐调筝。浑然不觉那流光中的罅隙
已耗尽了所有的白驹。我早已谙习如何与你
化敌为友的艺术:你却一再命我心如戥秤
痛定思痛:临镜之人早已死于这无尽的循环

原载北京文艺网《诗托邦》网刊第3期(2014年8月)

昆鸟,诗人,原名管鲲鹏,1981 年生,河南人,现为记者。

白眼睛

——阿玛尔菲塔诺的癫狂

已经有那么多事物
因过于赤裸而失去了称呼
人的手探入自己后
终于抵达那安放在底部的镜子
有两只一模一样的手合在了一起
而那意味着祈祷吗?

当世界的内脏翻过来
谜底像鱼卵干死在春天的河岸上
我们用谜语编制的秩序
已经失效,而过量的谜底
将摧毁我们的智力
世界将成为我们的眼罩
我们看不见了

或者,我们进入了盲视
因看见一切而变成瞎子

我们是镜子上的水银
是知识本身和她的失败

在一个地方,我们走着
这是释放还是驱逐?
这是去还是来?
在这白了的世界,无处所的世界
在这个无边无际的石灰矿床上

很久以前,曾有一截没有杂质的粉笔
取自这座矿山
在老师的手里,掉落着白色粉末
变成阳光的一部分
那时我们曾小得足以做一粒种子
足以被纳入最笨拙的意义
爱和悲伤,沉默和歌唱
而现在,黑板上的黑,不见了
大教室的白内障,盯着我们

世界对我们,总是很上瘾的
而人所建造的
无论有多高
都不过是脚手架

姑娘们,你们有裙子

姑娘们,你们有裙子
你们的裙子·真美
看见你们穿裙子
我就高兴得像个傻子

在我诋毁世界的时候
机灵得连良心都没了
而在世界还没有的时候
渊面上运行着一条裙子

是红裙子? 绿裙子?
我说不好
在有裙子之前
颜色如何可能?

如果我穿上裙子
我就好好地哭一次
因为裤子发明前的空山空水里
坐着所有穿裙子的人

姑娘们,你们有裙子

有夏娃从蛇那里领来的装束

你们穿上裙子

我就用鳃呼吸

以上两首原载"阁楼诗歌"微信订阅号（2014年8月20日）

胡蜂,1983 年生人,生于呼伦贝尔,现居北京,职业为策划。

十五孔明灯

你为疏星挣着裙子
夜空中飞灯

像只蜜蜂压弯了树枝
你可以吐唾沫在手心,把亿万年的光阴搓成绳子——

为什么简单的道理
我们要撺着像羊群?

我看见别处的风吹动水帘
一些人们
在美景里凑合地活着

斜檐上积雪变轻
小女孩在玩耍,她把你的骨痛要过来

至于你自己,去春夏里赏花
你会有你的流连忘返
去传粉。

原载"阁楼诗歌"豆瓣小组(2014 年 3 月 10 日)

苏琦诗一首

苏琦,男,1984 年农历二月生于安徽青阳。青年诗人、随笔作者。著
有诗集、随笔集各一部。2006 年大学毕业后一直生活于北京。

在五道口地铁站

马与鹿之群一群又一群。
渔网不停地撒出,撒出。
泉水节奏地汩流、漫布。
如种子,使大地年轻。

在他们左边,斜坡停止之处:
一个真正的行为艺术家? 老妇人灰色,凝重,又可爱:
她坐着,躲于灰色的臃肿之中,
三条灰色的小狗穿着花衣,在她身边无忧无虑地嬉闹。
她在活着,或曰在乞讨。
她灰颓地萎成一座多褶皱的小丘。
她既在上班,又在赋闲,
在黑色生活的底部化解了苦难:
一种无力的白色的理解。

两股扭结的长发般的水草相对流动、流动!
马与鹿的混合群涌动、涌动,脊背的黑色波浪勾勒出青春的力量!

有几个人，像渴望插入长句子的逗号，
黄色、白色、黑色、红色（只有白色和红色没蒙尘），臃肿，
做着时尚又寒冷的生意。
而稍远，在虹之桥下的阴寒里，古老的驴子们在打转，
一边拼命地吆喝着没落的生意，一边用
灰眼的余光、竖立的黑长耳朵警觉着。

马与鹿之群涌动、涌动，脊背的黑色波浪勾勒出青春的力量！

这点缀些白色、黑色、棕色花朵的葵花林之流，
世界在这里交叉、相互染色、勃勃地涌动！
只在一些特别的时刻，这马与鹿之群停止、纷纷聚集。

宛如童年的抵暖。
宛如集会？
宛如看客观望着时代倏忽、隆隆地驶过。
而后，
蓄满青春的四个湖打开闸门，沸腾般相对流淌……稀释。

原载苏琦新浪博客"青年英雄·草稿本"（2014年6月9日）

▎钱磊诗二首

钱磊，生于 1985 年，贵州盘县人，现居六盘水。

庖丁解牛简史

秋天的田野，草木渐瘦

在迁都后不久，新政施行

庖丁撕掉鞘上的封条

打算进大梁城，像少年时

从安邑出发，远游列国一样

路还是那条路。此一时

须拟定一份说辞藏在刀中

警惕比经络复杂的事

现今时局动荡，要谋一份好活

当慎言克己，还得收敛

那近乎玄幻的解牛技艺

虽然年少成名，一把刀

要从蜜蜂口中获取磨刀石

却是件危险的事，除非

连同它体内的刺吞下

实际上，第一次见到庖丁时

其已哑不能言

我将供词复述予之——

"以前所见无非牛者

甚至神遇不以目视，我以为

事物的真相不可妄言。

当梁王口谕，逼我在刀尖涂蜜

切下一截是非的舌头

我便已经丧失味觉……"

庖丁签认罪状的笔法如解牛时一样优美

这是我当狱卒以来

干得最遵循规律的一件事

虚无抒情简史

让我们记住一些动物：狮子、驯鹿、老虎

鹰隼和金枪鱼，以及它们的新天敌：犬儒

让我们重读一些陈词：理想、尊严、爱情

革命和反叛者，它们共同的声母已被删除

让我们爱上一些植物：甘草、黄连、芍药

和飞翔中的蒲公英，在患者的自然界生长

我们一定还有更多的悬疑需要追问：人民

在谎言的推土机下，为获得一粒矿石欢欣

而天下的寒士，正添砖加瓦，以为建高楼

便可庇护雪藏已久的真理，但那是墙体的

玻璃折射的幻象。我在纸上涂鸦：让狮子

潜水统治海域，但他已经年迈，还好驯鹿

不会鸣叫。食物链上的锈迹是固有的心悸

与虎谋皮不如让鹰隼,炼制一颗速效药丸
或者按照物极必反的教条将波涛归还大海
那么犬儒会是谁？ 无端对蒲公英呐喊——
"你的虚无主义种子,不能撒野于殿堂的
沃土。除了向外弯曲的铁制栅栏,没有人
知道,芍药年年为我而开。"这都是制度
下的禁忌。我刚学得几句口语:寡人有疾
忧思世患;寡人好色,路遇美女目不斜视
寡人吟得几首小诗沾沾自喜,也自罚三杯
逢人便吹毛求疵,说往昔写诗如灵光闪电
万马奔腾。而今读书百篇尽是些奇技淫巧
为调整抒情结构,吾夜不能寐仿佛给黄连
去皮,味苦且只能自娱。现实找不到一点
革命影子,他们在风暴中,百无一用久矣

以上两首原载民刊《走火》创刊号(2014)

▌方李靖诗一首

方李靖,女,1989 年生于贵州铜仁。2011 年毕业于同济大学土木工程学院建筑工程专业,现为该院结构工程专业研究生在读。有作品发表于《诗刊》《星星》等,曾参加 2013《星星》诗刊夏令营。

黄色起重机

这个下午,我的轻松和快乐
是发自内心的,相信我。我从来没有
这么近地观察一辆黄色起重机
车身的四只黑色千斤顶稳稳地
压在地上,那只预备悬空的手臂
就开始慢慢伸长。
我们有十个人,做着各自的事情;
我们有十块板,抬去
它们应该呆着的地方。
我们的工作都不多了,现在是太阳也要
收工的时候,这只大手仿佛给出了一天中
最后的奖励。一根在空气中晃动的
钢索,颤巍巍地把我们的
重量,提起来。那个曾经,可能会
加重肉体的重量。哦,黄色起重机,
他也有一个手臂那么长的

工作半径,我的工作台

两个手臂长。这块工地上还躺着那些

远一点的混凝土板,他得把

手臂伸得更长。现在,当他再次地

抬升他自己,我们就在下面

晃动得更厉害。这纤细而敏感的

末梢神经,而灰色的,笨重的

板,压低了背后同样颜色的天空。

我们的工作都是愉快的,他们

穿蓝色的工装,和我的不一样,笨拙的

平衡,发生在所有的见证者之中

"我回到我的工作。我的工作回到我。"

哦,黄色起重机。我应该变得

更沉重,以便更缓慢地抬起

在那之前无所事事的肉体。十个人

我们的生活都将变得相似,相信我,

我在学习更好地"爱一切提伸我的事物"

注:引号内句子引自卡佛。

原载方李靖豆瓣主页(2014年3月7日)

砂丁诗一首

砂丁，1990年出生于广西桂林。青年诗人，兼事诗歌批评。曾任同济诗社社长。获第八届"未名诗歌奖"，第三届"光华诗歌奖"，第28、29届樱花诗赛二等奖。辑有诗集《我知道不如你知道》(2013)。与秦三澍、方李靖共同主编《多向通道：同济诗歌年选》(2014)。作品散见于《诗刊》《诗林》《诗歌月刊》《诗建设》《诗江南》《滇池》《西部》《上海文学》《天津诗人》等，并收入多种选本。现于同济大学中文系攻读文艺学专业硕士学位。

烂梨子

早餐的时候他没有吃完那最后几片梨。
你在想什么，他喝一口水，问我。自我遗弃
我说，这是怎么一回事儿，你知道吗？
我把白瓷盘拿进水池里洗，用抹布擦餐桌上
遗留下来的最后一小片麦片粥的痕迹。他今天
穿白袜子，衬衫的领口敞着，并没有扣上。
我想你应该把这两片梨吃完，我把小瓷碗挪向他
看见他细长而骨节分明的手指。连稀薄的皱纹
在日光下都显得不那么多余了。这是最后的
两片梨，我并不看着他说话，吃完就没有了。
我能感觉到背影中他如何犹豫着要不要站起
搜索着怎么在调料瓶里为无处安放的手臂

寻一个位置。夏天的时候他们去屋顶上看湖

还很年轻,她擅长于在酒瓶和橘子水中穿梭自如

和很多同样年轻的男孩一起跳迪斯科,有大把的时间

可以浪费。那时候他总是一个人,沉默地在一旁

坐着,喝啤酒,并不抱怨窒闷的天气。在湖里

他们划船,他总是落单的一个,桨有时在她手上

她就故意划不动它。我想着这些,年轻的

阿尔伯特小夜曲,冰箱内外的白色生活。

我们需要的如此之少,简单,只不过

再快一点,我们就能学习着相互接近而不再怨恨。

我听见梨子被咀嚼,像是仍旧有生命,最后一丝气息

延宕而不能毁灭。早餐之后我们各奔东西,他离开

我就收拾厨房,把昨日一整天的垃圾倒在户外。

有三四个烂掉了的大梨子,邻居送的,我不记得

它们是昨晚烂的,还是今天早上。

原载砂丁豆瓣主页(2014年9月4日)

┃ 炎石诗一首

炎石，1990年生于陕西山阳，毕业于南京理工大学。

鱼的变奏

在一周的餐桌上，你点了一份小小的星期天
在新中国寒冷的肉褶里。超市冷清
几个妇女挑选今年最后的晚餐。几条鲤鱼紧紧咬着
今生最后一顿泡沫。

你拿着网，搅动它们，它们从一个
四面八方的梦里赶过来。不是来开会。
它挣扎，犹如八岁的你要从父亲的手掌挣脱一样
它被扔进一个脏兮兮的

满是鳞片与污血的台子上，犹如十八岁
那扇空荡荡被反锁的房间。在最后的几次挣扎里
电子称上的数字一再评论着它的一生。
它被钝物砸晕。黑剪刀破开鱼肚白。

鱼的身份被剥夺。聚集着最后几毫升的
浩然之气被扔进了垃圾桶
那系在鱼腮里的一只只小小的红领巾

你看见它被蛮力扯下,你看见流血,但不以为是战争

你付了钱买下这死亡。

原载民刊《诗篇》第4期(2014)

西兰,原名罗东。自由职业者。1990 年生,现居浙江上虞。2010 年初秋开始业余诗歌创作,并发表作品。

兰花之外

——致王羲之

在这荒蛮的年代
我该学会用哪种语言
叙述兰花
在某时发出的号叫

或许,我该变换手指的姿式
才能到达兰花的喉结
在兰亭序前的吟唱
如我日夜蓄长的耳鸣

疼痛来日已久的墓志铭
沙尘和雨水
在石阶与石阶的跳跃中
分离、破败

或许,在油灯瘦弱的光芒中

才能看清你们的眼睛

在远方的另一面

黑漆漆的一片雪亮

原载《越界与临在》（长江文艺出版社，2013）

┃杨国杰诗一首

杨国杰，1990 年生于河南嵩县，现居洛阳。

研究这个科技产品

研究这个科技产品

研究它的极限

研究它的拓宽

（它水分子的世界足以建造一座大厦）

在它身上研究空，研究灵性

研究群山的恐吓

研究忧愁、哀怨、愤怒、摧残、

绝望、忍受、号叫、偏执、妄想

研究如水、柔软、沉醉

研究它与手掌的距离

研究它的情绪如何影响器官

研究它经历的夜晚如何被时间迁回

研究忘记

研究太阳如何升起

研究它为何来回走动

研究拯救

研究翻来覆去

研究平静

研究这个科技产品它的冲动
来！研究一下它的死亡吧！
把我放在它的位置上
好好研究一下如何死亡。

原载杨国杰个人诗集《苏鲁支诗丛·雪里省》(2014)

秦三澍，本名秦振耀，1991年生于江苏徐州。2009年入同济大学国际政治系，翌年转中国语言文学系。同济诗社第24任社长。诗作发表或收录于《诗刊》《诗歌月刊》《延河》《同济十年诗选》等刊物与诗集。与他人合编《多向通道：同济诗歌年选》（第一卷）。现于复旦大学中文系攻读比较文学硕士学位。

青草池塘

我不能说得再多。
嘴唇失去挣扎，在冬日凝固下来。人间虚构
与发生过的，占着每一个实点，留下的如同厌弃的
或者：秘密在共有的池塘，埋进了种子，抛下
密码混乱的暗语。池塘的泥道我们一同修葺
水下的烈火掩住最后一道路口。岸边脚步，听着
黑色动物分不清水，水里的鱼和青草
它们发生在一棵树里——树，消化了憎恨，连同
最初的爱意。我们也奔走在岸边，回忆过去遗漏的
和重又捡起的，捡起成熟而轻浮的稻谷
喂食误了方向的鸟类。

冬天就这样隐去了，池塘里映着明天可能生出的
新的红花朵。千年的分歧在这里同流，蛙背上

沾染的油墨,洗去清澈,如同弃子的清澈

我们曾一道动手,草叶作刀,刻画第一个太阳

月亮本是黑的聚集,聚集漫天岩土——每个人的心

偷换,在染色坊汇合。可悲的,从来是太阳

担任月亮。纷杂的玻璃片细分成水波,蒙蔽了

眼睛的成色,以及

草叶,水中的存在的鱼,久未熄灭的火:

族群,一个搅起反向之爱的,辜负了月亮的肤色,称之为

"无火之影"。我们喷涌着口渴了,手中的池塘

展开在平庸之上。

原载秦三澍个人诗集《杜弗诗歌手册·人造的亲切》(2013)

▎李怡静诗一首

李怡静,1994 年 5 月生于河南洛阳,现为中央民族大学美术学院 2012 级美术学专业本科生。进入大学后开始写诗,朱贝骨诗社现任社长。

一只柚子的挽歌

在正午打开你的唇,柔软温厚充溢满室
尘香,撩拨起透明的森林
瞭望肉质紧密如玉雕,打磨后置于真空
听霉菌发笑——这唯一的情话。

说你是披霞光的佳人,在北方天寒地冻
遗世独立,必得是在秋天在这儿
才能香远益清——是这样吗? 你这谢了顶
被抛却的故人,故园不过是挽歌。

我懂得这番说教,在异乡已被温习半生
就不怕被置若罔闻,继续雕琢刻了半个世纪的
裂痕。自行寻找尖细的长指甲,剥开
在海关出口的标签,内核甜涩到发苦。

诱惑嗅觉打探制造香甜的秘器,从不缺乏妙方:

"肌理细腻如脂便耐不住严寒的沙漠。"
不妨把酱油和醋偷偷掠来提炼
酿就世间唯一可造柚子茶的调料。

让你窥探秘密的唇紧紧闭上，我感到有什么
在改变。在指尖划裂你时高蹈着跌下
俯瞰嗅觉失灵化而为臃肿：一摊金黄的棉衣
等待腐蚀断了头的绿头蝇相伴。

寻求钻进缝隙，听见一道天命五雷轰顶，"除了丢弃
再没有留下的理由。"在被弃置之前
旋转起鸡毛掸放声大笑，战栗爆裂开肌肤下层
玉质的毛孔破碎于异地。

一并吼叫、迸发一颗柔软的外壳谢绝刀枪入内
解剖俗语："绿色的柚子只能焚烧在土里
在青黄不接的年代当作麦穗、秋收填埋"
那就不予常理逃出轨道，足以炼成仙丹——

炼一颗柚子蜜丸躺在观世音之手仰观
疗治尘世的嗓音、挑唆目下无物的生物
实验室挑衅新的容器，打造一筐柚子盒来装
一加仑金秋的唾液慢慢腐烂。

原载《朱贝骨诗刊》第6辑（2014）

自然与身体

▍黄灿然诗一首

黄灿然,1963 年生,福建泉州人,1978 年移居香港。1990 年至今为香港《大公报》国际新闻翻译。著有诗选集《游泳池畔的冥想》《我的灵魂》《奇迹集》等;评论集《必要的角度》《在两大传统的阴影下》;译有《见证与愉悦——当代外国作家文选》《卡瓦菲斯诗集》《聂鲁达诗选》《里尔克诗选》《巴列霍诗选》,苏珊·桑塔格《论摄影》《关于他人的痛苦》和《同时》,最新译作有库切《内心活动——文学评论集》、布鲁姆《如何读,为什么读》、米沃什《诗的见证》布罗茨基《小于一》等。

桑丘睡眠颂

你这比大地表面上的一切生物
都要快乐的人啊,你这既不羡慕
也不被羡慕的人啊,睡吧,
带着你灵魂的安宁睡吧,
就连神明也舍不得不多看你一眼,
就连恶魔也觉得如果这时候打扰你
也未免太没道德了。睡吧,
我再说一遍,而我将说一百遍,
睡吧:因为没有对某个美人的嫉妒
使你永远合不上眼,没有还债的焦虑
使你辗转反侧,也没有明天必须做的事情,
譬如为自己为家人的生计,

使你隐隐不安。在这人类思想的黑罩里，

没有恐惧和希望，没有忧烦和向往，

在这均衡的天平上，牧羊人和国王一样地轻，

愚人与智者一样地重，野心和抱负

早已在你呼吸中消散，世界的虚荣

也早已抛诸你脑袋下：

因为你的愿望的疆界

不超过一个凡身

和一个栖身之处。

原载《诗建设》2014 年春季号（作家出版社）

▎非亚诗一首

  非亚,原名谢建华,1965年生于广西梧州市,1983年考入湖南大学建筑系。1990年曾编印《现代诗》。1991年与麦子、杨克创办诗歌民刊《自行车》,并主办至今。2001年获《诗歌月刊》首届"探索诗大赛"特等奖。2003年获得《广西文学》首届青年文学奖。2004年由漓江出版社出版了第一本个人诗集《非亚卷》(广西当代作家丛书)。2005年在武汉获第二届"或者"年度诗人奖。2007年自印个人诗选《青年时光》。2006年和2008年策划过两次"切片·广西青年诗歌邀请展"。2010年和伍迁一起主编《广西现代诗选(1990—2010)》。2011年获《诗探索》年度诗人奖。职业为建筑师。

我头发湿漉漉地出现在浴室昏黄的镜子

昨天微博上我写下了两句:

冲凉房的各种洗发水,一日衰老又一日的身体

镜子里,我赤裸着身体
身体
随处携带的皮箱和房子

当早晨离去,夜晚像鸟儿飞回
疲倦的黑色素,密集在窗口

一个下班的男人，正坐在一张藤椅上
灯光，照着他弯曲的肢体

他的脑海有一艘向大海出发的船
他的眼睛有少年掠过蓝天的鸟影

他的胸口，还有一颗火焰渐渐熄灭的心
他还有一个孩子，老母亲和妻子

他的父亲，在遥远的不知名的岛屿
垂钓着天堂里的一条鲫鱼

人人都有一死，古希腊的哲人和阿兹台克的印第安人
全都这么想

这一切就像一个蚊帐垂挂下来的梦
我头发湿漉漉地出现在浴室昏黄的镜子

原载《诗建设》2014年春季号（作家出版社）

┃智文法师诗一首

智文法师,安徽巢湖人。安徽师范大学文学院研究生。1989年出家于大九华山二圣殿,1992年于南京宝华山受具足大戒,自出家以来一直致力于弘法利生事业。

让心披上袈裟

旷劫中,你从哪里来

无尽夜,你又要去哪

三界火宅中

何处可安身立命

茫茫苦海里

有谁不在挣扎

我问佛:

爱为何物

我问佛:

心又在哪

佛曰:爱,是生死根源

心,能生万法

爱缘取

取缘有

有缘生灭老死
心的妄想分别执著
决定了
生命的万别千差

爱,犹如那洁白的曼陀罗花
心,亦似狂放的野马
佛陀,是无尽夜中的那盏明灯!
佛法,是生死苦海的大筏!
让心披上解脱的袈裟
让爱蜕变为生命里的香格里拉!

生死的异灭
是必然的历程
来时的路亦然忘却
无论出家在家
让心披上袈裟
去寻找觉悟的家

原载智文法师作品集《初禅集》(宗教文化出版社,2014)

▌邹波诗一首

邹波，1974 年生，诗人，非虚构作家，媒体平面设计师，非虚构作品《现实即弯路》《外省精神》作者，曾任《经济观察报》创刊设计总监，《生活》杂志记者，《锦绣国家商业地理》总主笔，单向街图书馆股东，现居加拿大。

公园

当我感到寒冷，就写下一些环境的句子
当我感到短暂，就写下一些历史
好让自己生活在其中——

暮色中的溪流，薄纱之下的大河
一朵朵白色玫瑰，一点不肮脏的石灰堡垒、难觉察的台阶、盘旋
夜晚，一切辽阔也变普通，普通圣杯里
普通的梦

上帝给人趋近于精神的舞台——
也许适合灵魂出没
并依次隔绝了风，沙，尘土，而且
在我头脑里，它已趋于严肃

我们，只用它来存放肉体，像浸泡在温泉里

这里女人都美丽,安静不容分说
男人只是普通的男人——面面俱到的人性

可当我沉思
影子露出喜鹊的马脚,狐狸尾巴,獾的足迹
甚至一些攀爬、狩猎和搏斗的气味
不像一个完整的城里人

我的衣服下摆,像一棵树的下摆,与地面有着可笑的距离和投影
狗绳是一条斜边(有时候看不见),如此
固定着我,又使我一时感到完整
像公园中的帐篷,体验着辎重般的语言
但我为什么要知道这一切

桥梁,高塔,石碑,陵墓和亭子,森林深处走来几个白色厨子
警戒着一切牺牲的教科书,从不担心真正的报复
这种侥幸,正进一步
侵蚀了我的内在,于是
当我沉思
真正的内心对我沉默了

隐约感到比喻被戳穿,在阳光交织的喷泉旁,在完美的石子路上
真正的喜鹊像扑克飘落
锯断的树枝,与自然落下的叶子,安详与痛苦
无限宁静,混杂着生命里
难以驳斥的缓刑

有时我走着走着,深陷于地面的纹理,继续消耗在平面中
或是被树枝拽了一下胳膊,像挣脱了大自然里的娼妓
有时,一丛杜鹃,贞洁地停在腿中间

这是促人向善的时刻,过分正直
不如中国董先生
对着埋葬了琴的窃听的树丛高喊:"把我的手拿来!"

这是对彻底的真理持保留意见的地区
有着物质生活同样的冰冷

产生不了诗歌
诗歌乃是最后的环境,最后的语言、没有退路的历史
罗马的山冈耸立在希腊的废墟上,并温暖着罗马——
当雪花也开始飘落,这公园中的母狼,生活着
我也认出了你——

诗歌——废墟、陷阱、流沙、危楼、阴影、狂风、丑陋的熔岩,适于秃鹫
    的峭壁
从不需要被爱所蒙蔽
也不需在死亡面前
瑟瑟发抖地严肃着
在一切安慰之外,也勇敢地
从未各得其所

原载民刊《元知》1402

▍胡澄诗一首

胡澄,女,20世纪60年代出生,浙江临海人。现居杭州。1997年开始从事诗歌、散文写作。作品入选各年度《全国最佳诗选》和《狂想旅程——女性诗歌选》《中国新诗选读》《中国新诗金碟回放》等选本。

秋风

推着霾慢慢走
仿佛一艘船在黏稠的河上
扬着灰白的裹尸布
它,游进了你我的肺里
在肺里,听史前及史后最沙哑的歌

秋风依然是有用的梳子
它发现谁的头上
都没有值得保留的青丝
乌鸦孤独地骑在枝上
俯看万物光秃的头颅

湖水想借秋风梳一梳
以回到最初的蔚蓝。可是
它的头上只有一些凌乱的假发
黑白难分,灰蓝郁结
取不出梦中的镜子

原载《诗建设》2014年春季号(作家出版社)

▌苍凉逐梦诗一首

苍凉逐梦,女,本名武彦萍,原河北省张家口市人,后迁入内蒙古锡林郭勒盟。内蒙古自治区作家协会会员。作品见于《阳光》《诗选刊》《星星》诗刊《草原》《山东文学》《芒种》《延安文学》《翠苑》《骏马》等。部分散文随笔收入《2012年中国随笔年度佳作》(耿立主编)、《散文中国精选》(杨献平主编)。

给远方

我确信,远方是单人旁的
否则,那些心字底的动词无处安放
远方是从心底偷奔出去的小黄马
除了纠牵,我一时还做不了别的

肯定会有疼痛。从夕阳被用旧的那刻起
世界安眠药般寂静,胸口快要决堤
当距离与星星合谋
除了望穿双眼别的都不够资格

不能靠近远方的时候
我是地地道道的搬运工
我把玫瑰的祖国搬过去
我把巫山的祖国搬过去

如果还不够，我只能打水的主意
我想动用黄河的黄长江的长
成为我的祖国。我一厘米一厘米地搬运
除了热爱或者更爱，没有更好的办法

原载《星星诗刊》2014年第8期（诗歌原创）

▍李三林诗一首

李三林,1976 年 4 月生,安徽石台县人。1990 年代开始诗歌写作。
现居深圳。

晚餐之后

晚餐中,要在舌尖上建立一个国家。
而每一个单纯的味蕾中都
驻守着秘密警察——

恐惧。于是,散步。
向着绿色稻田掏出什么,
挤出体内多余的水分。

我的怪癖跟着多起来,
转身,背过脸去。
"所有的稻草都是仰面哭泣的稻草。"

一个北方诗人的句子,我沉吟。
某种忧伤,带来新的恐惧。
"迟熟,可以是鸽子衔来宽恕的雨。"

改用自己的。

123

没有鸽子,连糖果、梅花

同为本已有过的确切。

女人们迈开步子

比男人还大。天黑下来,

男人们沉默了。没有谁愿意照顾瞎子。

原载《南方七人诗选》(周启航主编,吴越电子音像出版社,2014)

▍楼河诗一首

　　楼河,江西人,常居深圳,杭州野外诗社成员。大学时开始写诗,出版有《野外七人诗选》《楼河诗选》《华为哲学概论》等作品。

蛇忧郁地游到了对岸

蛇忧郁地游到了对岸,
割鱼草的男人坐在水库边抽烟,
他的脑袋里充满了思念
或者情色。两头母牛被拴在大坝两边。

他的烟味里有植物烧着了的气味,
他的双眼浑浊盯着变暗的水面,
水蛇游动的涟漪打乱了山丘的倒影,
连绵不绝的黄昏撒开了透明的鱼线。

我憧憬这劳动后的自由。
他独处的宁静也许只是一种悲伤,
但孤独中有一种自我的亲密,
就像悲伤中有慈爱的温柔。

夜雾开始填充暮晚的暗蓝,
飞鸟像莫名的石头急坠到了水底,

你不知道从哪里传来了零星的响动，

不知道此刻究竟有多少人正在走回家中。

原载《六户诗》(长江文艺出版社,2014)

▌谭夏阳诗一首

谭夏阳，1979 年出生于广东，现居广州，广告人。作品散见于《星星》《诗选刊》《诗歌月刊》《诗江南》《诗林》《诗潮》《上海诗人》《山花》《作品》《广州文艺》《广州日报》《蓝鲨诗刊》等，曾入选《2003 年度最佳散文诗》《2009 文学中国》等。

夏日诗行

1

蓝色的夏天，往空调里种雪。
流感机制诡异：体内
炽热，体表旋覆于冬日的寒流。

2

晓港：一个臆想的码头，在大脑
搬运晨曦的集装箱。走向地铁站
即是走向，一艘黎明启航的邮轮。

3

农业研究所在屯积宁静。每次路经

我都有翻墙而入的冲动——
我多想在那里，成为宁静的一部分。

4

眼中飘忽的云影，谈判桌上的变数。
绿意，犹如夏天的筹码
在明晦的天气里，实现阴影最大化。

5

夏日盛大，阳光无疑政治正确。
蝉声溢出树丛，在马路间
泛滥，但它们尊重一场暴雨的到来。

6

一场与夏天对称的雨，平抑了
酷暑。乌云消融烈日
清凉的女子，隐逝于农业研究所。

7

雨水冲洗露天泳池，澄清碧空的蓝。
俯瞰的景致，多少带点眩晕：

比基尼正由风景,演变成夏日风暴。

8

小贩从来不缺少摊档和热情,唯独
鲜见城管的怀柔。树荫底下的交易
多么隐蔽——货币合法,沾满汗水。

9

五金店结业:全场半价清仓。
拥挤的人气,提升了温度;
但热旺仅是虚表,使笑容大打折扣。

10

颓败归结于艺术,迎合新鲜味蕾。
旧厂房即将改建完成
创意工业园,露出颠覆的端倪……

11

楼盘在广告里封顶。高尚住宅区
设施完善:根植于半空的园林
为风景配备了蝴蝶、清泉和园艺师。

12

河流拐弯于窗外，火车运走午后的
倦意，留下两条轻柔铁轨。
我走向窗台，往盆栽里浇清水……

原载《诗建设》2014年夏季号（作家出版社）

▍五月诗一首

　　五月,原名白倩,满族,1980 年 4 月生人。2005 年毕业于首都师范大学,文艺学硕士。2002 年开始写作。多收作品收入《2004 中国诗歌年选》《2010 中国诗歌年选》和《2011 中国诗歌年选》。现居北京写作。

像达摩坐面九年的墙壁

像达摩坐面九年的墙壁
昨天的我
横在此刻黎明的途中
仅剩的小半口面包,拿去吧
我向你交出腰背里的枪、最后一发子弹
和智力

向神明,示最后一夜
对抗。再不对抗
菩提树低吟的树叶在抽绿
无声的枝条慢慢伸出手指、手掌
和手臂。从我背后现身的人,击中我的胸口
菩提子缓缓地坠落

在今天。我将一无所有上路
犹如聋子,听不到人类尖锐的发声

从一种沉默走向另一种沉默
直至癫狂，直至听见
石头开花——
爱比水仙更盛大地绽放

原载五月个人诗集《楚歌》（中国文联出版社，2013）

▍罗霄山诗一首

罗霄山,1982年生,黔人,写诗,现居贵州大方。

钻骨取火

死人的骨头里还藏着火焰
要相信这个命题。
然后你会爱上一片蓝幽幽的乱坟岗。
我们所处的世界
远没有如此纯净的蓝。你要相信
我们怀念一个硬骨头的死人
最重要的一点是
他不曾对什么弯腰,死了也是。
我们怀着好奇打听他在冥界的生活习俗
揣测我们的结果。
如果你愿意,我可以钻骨取火
黑漆漆的世界覆盖内心
我可以做你的灯笼,或纵火的
那个罪犯。或者你也可这样。
互相照亮的人,遍布阴暗的角落。
因此你走在人群汹涌的街头
看到每个人的骨头,都闪耀愤怒的火苗
兄长,朋友。我们暗暗呐喊
——"烧起来了,烧起来了!"

原载民刊《走火》创刊号(2014)

▎王原君诗一首

王原君,诗人,随笔作家,曾用笔名麦岸。印有诗集《花心街》《中国铁箱》,获汉江·安康诗歌奖等,现居北京。

短歌

清新的少女,我的哲学导师,启蒙私塾。
她用垂柳长发教我初春的瀑布与倾泻的愁绪
用眼眸教我非线性的时光,教我言不尽意
用嘴唇教我爱,整册味蕾的《本草纲目》
用肚脐教我清泉石上流,某次悠远地攀登后
用小乳房上的星辰教我仰望,在无垠暗夜
她用秘密教我挖掘并守护另一些闪光的钥匙

清新的少女,我的精神粮食,故国首都。

原载《诗歌月刊》2014年第4期

▍费城诗一首

费城,原名韦联成,壮族。1984年生于桂西北乡下,现居广西河池。作品见《诗刊》《星星》等。

身体里有一列火车

云影下,一列火车载满人群
车轮与铁轨摩擦发出声响
犹如黑暗中来回打磨一块骨头

列车伴随肉身在微微颤动
我感到骨头与血肉在隐秘契合
如同前途与命运的紧密衔接

每一个临时停靠的站点
是身体中某个熟悉或陌生的据点
无法触碰的隐痛在寻找出口
道路无尽延伸,直抵未知的深渊

暗夜里,我的疼痛在秘密喘息
而我无法找寻疼痛的出口
身体的暗疾,是一列火车驶过
滚动的车轮声是生命的喘息

生命的羁旅,是路旁漫开的花朵
最鲜艳的,总是滴着殷红的血。

原载《诗刊》2014年4月号(下半月刊)

▎憩园诗一首

憩园，1985 年生，安徽蚌埠怀远人。现居深圳。著有诗集《置身某处》。

像往常一样

刚才我是躺着的，

我躺了10小时后，再经过20分钟的直立行走

现在，我坐着。

我知道我不能一直坐着坐到天黑。

期间，我可能去一次二楼，开一次小会

见见我的老板。

喂喂金鱼，顺便看看怀孕了几个星期的金鱼是不是还挺着大肚子。

或者去隔壁设计师办公室倒一杯纯净水，放在桌子上

不喝，可能是忘记了，可能是不想。但是杯子必须有水。

然后我会倒一些在

花盆里，再倒一些在烟灰缸里。

那么，还可以揣测，这期间我会抽上几根烟

去一次卫生间，撕一些卫生纸

擦擦鼻涕，甩出窗外（那时候可能会有一只麻雀在枝头叫唤）

可能会击中几个在公园偷偷约会的中学生。

由此,我可能躲在窗户后面,怀念自己的学生时代
扯一片长到房间里的榕树叶,度过这段时间。

最后,可能去一趟雨花西餐厅
取几份快递(我每天都在京东网买书),迫不及待地撕开包装纸
看看书中的人们是不是都和我一样活着(每本书都不会读完)。

太惊人了!
现在我才刚刚落座
这一天都在想象里过完了。

原载《青春》2014年第7期

▌徐亚奇诗一首

徐亚奇，1985年生于甘肃陇南，现居北京，从事艺术创作。

那些隐藏的尖角

那些隐藏的尖角
浸在日常的柔软中

下楼梯的时候
鞋跟踩踏耳朵

星星草长势良好
情况是这样的
第二天仿佛
把第一天吃掉了

我惊叹这些对比
生活中的不可归还

去年修剪马蹄开裂的部分
十年前，当它是小马驹时
情况可不是这样的
还有

一只蜘蛛在鲜花上
筑下它的潮湿巢穴

夏天没有过完
深秋已挂满

"我在这里消耗大量的时间"
休耕地已草木茂盛

原载《桥与门——北京青年诗会诗歌朗诵作品集》（2014 年 10 月）

▍古赫诗一首

古赫,1987年生于北京,毕业于中央戏剧学院。诗人、作者、艺术家,创办圈套诗社,"同谋者"诗歌运动发起人。

雾霾

是城市的沙漏,再小,也有缓慢的
流动。狭窄的、嵌有苦涩的茯苓,
是治愈潮湿的良药。在这片漂浮的工地上
纺织工人的梭子被漆上了冰。
那些携带着犁头北上或准备远航的
青年,他们的皮肤干燥,脾胃失调。
豪言壮志在空气的摩擦中又模糊了一些。
善良的妇女也不再抱怨。只有孩子们
仍在街头散布着诱人的假日公告:
多云转晴。就在这座开朗的城市,勇敢的快递员
忙于分拣街道的气味。老年人
正放肆地拆解人生。抓羊拐、抽陀螺,
存在与正确的诸多问题,被时下最流行的游戏
所瓦解。城市的黄昏,在他们的眼里毫无意义。
那些传统的家庭纽带从此只在葬礼的礁岸上
破土。简单词语或是人生的秘密,都在被重新定义。
例如:故乡。
一个妻子唠叨丈夫,父亲责备儿子的地方。

原载古赫豆瓣主页(2014年2月18日)

141

┃ 桑婪诗一首

　　桑婪,80后,译者,湖南人。业余从事诗歌创作与翻译,翻译作品发表于《诗歌月刊》《文学与人生》《飞地》《青年作家》等;主要翻译作品有《乔治·巴科维亚诗选》《圣·丹尼·加尔诺诗选》等。现居广东。

后山

无人揭开这静息

如气球里的风

我怀揣着什么

无论风雨

日日在那里徘徊

金黄的油菜花

映照着年轻的爱情

许许多多美妙的面庞

转眼结籽

连同成匋的野草

在淡黄色的阳光里

羽毛般青葱,迷蒙,醉人

仿佛一眨眼就要旋转

就要起舞、幻化

的确,短短一瞬,倾倒,荒芜

但,是的,总有他们
——汗不过是喝进去的水
播种别的绿色
让你的绝望迟些,更迟些
冬天,他们说,别怕,还有明年春天

绝少的思考
将我引至这一刻的边缘
只能转身,面对整个现在投射过来的一切
无法躲避的石头
抱着自己粉碎的石头

要抓住多少温暖空气
塞进冰冷的内心
才能让麻木的双脚
紧握住泥土的芳香
让回忆生长、让自己呼喊

原载桑梦豆瓣小站(2014 年 9 月 21 日)

▌陈危诗一首

陈危，1989 年出生于浙江，写诗与评论，现于北京航空航天大学求学，工科生。

河流

—— 与 Y 女士谈

你扛到第十天

接下来请用一小截烛

走一小段路，不要哭

无人得以相助，这件事

是属于河流的一部分

苦难正在降临，你将感受到

它的精确与重量，感受到

恢弘、客观、绝对、公正

而不可逆转的河流

漂浮的银刃抵抗你的双唇

感受到因果清晰的河流

泥沙俱下的盲视的河流

偶然与必然的河流

每天都从我们身边

带走的事物，仅属于你的一部分

而被带走的，于其自身而言

则是完整的全部

仿佛一场密谋已久的决裂

你要成全它，才能

成为它永恒不灭精神的

短暂寄居的肉身

这也是你完成自我

的必要环节。请珍重！

原载《桥与门——北京青年诗会诗歌朗诵作品集》（2014年10月）

▌陈文君诗一首

陈文君，生于1990年。毕业于南京大学文学院。

译：王士禛《真州绝句其二》

安闲的人们在江边钓鱼，
有孩童的耐心与鱼群你躲我藏。
他们不过是与所有人一样在等待某个时刻，
选择了静坐这种方式，或成佛，或称为老人。

那里，有柳荫的道路却是孤独的路，
春夏在那里同时沉寂，
那么菱塘呢？ 垂钓的他们
年轻时也曾在那里划船。这件事
他们早已忘记。这些一同长大的孩子，
一起娶妻，成为父亲，再做祖父，
如果不腻烦生活，他们可以活得更长久。

他们没有像我一生好奇，
询问生命的意义与不知道
没有差别；这里多好，
水清，植物葱绿，凳子灰白，
还有罕见的红色树木。该满足了，

何况钓来的鱼足以让人们

安心度过每个长夜：明天，

生活将继续。

原载民刊《诗篇》第 4 期（2014）

| 程一诗一首

程一,男,1993 年生于贵州毕节。现为同济大学建筑与城规学院建筑学专业 2012 级本科在读。有作品发表于《诗刊》《天津诗人》等。

逍遥游

从山阴到山阳,再从山阳走到山阴
清晨的风与露都撞进我的怀里了

此地有三百两银子。哪儿有三百两银子
取出来吃酒,吃肉,散给路人,散给
在秋风中做客的人

故园都躲进一只白蝴蝶里
我却苦苦寻不到庄周

把蓬蒿又翻了三四遍,花便开了
花又落了,抖落的正是披上肩的黄昏

仿佛驮着金子,向我的朝廷进贡
也未尝不是一件美事

美则美矣,只是看这细柳缠绕

我的心已经乱了，像山里村姑割下的草

死和生都在外面。我走我的
今晚的月亮是圆月亮

原载程一（废园）豆瓣主页（2014年6月6日）

林侧诗二首

林侧，本名马莉娜，1993年生于南京，现就读于中国传媒大学，曾获先锋书店诗歌奖，作品见《诗刊》等期刊杂志。

洗骨宴

我们沿河而坐，像一排瘦削的古楼
涂上新漆。烛光下，身披蝉翼的夜风
打湿陈旧的水面。云喝了山，黑喝了白
酒喝了我们，历史书喝了历史
到处是漂亮的表妹

那大醉的不是我，大哭的也不是我
我没有白马，也从未走入穷途
棋局将半，是谁攥我在手中反复摩搓
沉吟不决？朝廷太远
异乡的虫子放肆，叫出风骨

时间，这粗糙的悍妇
如困倦的死水流淌一地
我们像塑料一样大笑，躺在酒瓶里
洗骨头，多么空旷的泡沫
也羞于将我们掩埋

倒刺

手指的倒刺生长在我生命的间歇
如同无性繁殖的花朵不需要卜问
便在我的心脊上肆掠

一个古老的谶语敲打灵魂的牙齿
祈求赦罪当我
把这肉皮沿着青绿的河流撕开露出我的骨头
越冬的玫瑰便从河底醒来化作时光的阒静
浸透我万恶的头骨当我
伫立在灵魂的缺口做最后一声剖白
便湮灭
于无知的亵渎

以上两首原载“十九点”豆瓣小站（2014年9月10日）

┃ 光体诗一首

光体，女，生于 1994 年，现居浙江宁波。

幻汤

有人发觉冬季的风里有提出分离的人的把柄
但仍有陷于其中的人
早晨就动身

关于我们的漂亮男孩
我们已经说得太多
日日夜夜山洞扎着根预测我们即将进入它
我们却在每次都说着笑走过并只给它留下偷偷一瞥
在所有静下来的时候
我们其实暗自地要求每个异性在生活的闲处和肢体的细部模仿他
却只有影子可以亲近

每根手指都忍不住要开始去熟悉未熟悉的身体
我要达成
为了在对明日的沉甸甸的打量里睡着
而我两腿间的路对我的手指哪怕中指也是没有尽头的
和我跟在他身后走的路一样

于是就在床单上擦了擦手指

睁着眼的漆黑里

来不及冲泡一碗幻汤

原载"阁楼诗歌"豆瓣小组（2014 年 8 月 4 日）

消逝与未济

▌柏桦诗二首

柏桦,男,1956年1月生于重庆,现居成都,系西南交通大学艺术与传播学院中文系教授。主要作品:《望气的人》《往事》《左边——毛泽东时代的抒情诗人》《四川五君子》《山水手记》《史记:1950—1976》《史记:晚清至民国》《风在说》《一点墨》《别裁》。曾获奖项:安高(Anne Kao)诗歌奖《上海文学》诗歌奖、柔刚诗歌奖,第二届红岩奖等。

当你老了

往昔的桉树,尿槽,我初中时代的木床,
我不止一次写到:1971年隆冬的精液呀
真的,体内奔腾着多少埋名勃发的深河!

后来,一切都太慢了,生与死,这一对
神秘的珍宝(惠特曼或许破解了它)可
孩子们对它已失去了耐心,请原谅他们。

当你老了,你对我谈起塞内加尔,那里
过街人无论男女,总有一种童年的幸福
而垂死人终将明白,只有不死才是危险。

一种相遇

一亿年后，你总算等到了一个人，我
（又被谁指使），要来歌唱你无人识得的一生；

活着的时候，你总感觉自己年轻，死是别人的事情：
可能吗，我，一个新安江的农民，会像谢灵运那样被斩首？

惊回头，安静下来，翻开书，我们一块来读博尔赫斯：
"今年夏天，我将五十岁了，死亡消磨着我，永不停息。"

或者，唉，怎么说呢，"……但愿我生来就已死去。"

因为风不仅仅在寻找树，它也在寻找弄堂与铁桥……
寻找银马上的骑手；风过耳，那死神一眼就把他从风马中选出。

以上两首原载《红岩》2014年第3期

▎宋琳诗二首

宋琳,1959 年生于福建厦门,祖籍宁德。1983 年毕业于上海华东师范大学中文系。1991 年移居法国,曾就读于巴黎第七大学。先后在新加坡、阿根廷居留。2003 年以来受聘在国内一些大学执教。著有诗集《城市人》《门厅》《断片与骊歌》(法国 MEET 出版社)、《城墙与落日》(巴黎 Caractères 出版社)。1992 年以来一直是《今天》文学杂志的编辑。

忆故人

我牵挂的客人披着雪斗篷,
说他来自某个久远,
从寒武纪,从伯吉斯页岩
和刺胞动物的嘴,
经历了最凄苦的流亡。
说他是我的同族,长着与我
相似的颅骨,浓浓的,纠在一起的眉毛。
他声音柔美胜似当初。
我请他坐下,谈谈,
他脱口而出醉人的话语:

雪普降的天下盐
我抽象地尝了尝。我的舌头纯化了
人对世界的终极评价

——甜。
夸克,那只虚空的核桃,
我剥开它,
宇宙的心,就在黑云母的
心中怦怦跳。
鹤,我的姐妹,
刚洗了澡,喷了点
彩虹牌香水,
正在夕照的那边等着。
我宁愿赤足蹈雪,
也不要伪装成真理
混入永恒。

有福的人哪,勾魂家,
不可测度的亲人,
在元诗矿山上熬炼着
云、药片和沥青铀里的女巫,
他走过的离乡路迤逦在长庚星的望远镜里。
我问他那边的清凉世界有什么不同,
雪花是否呼啸,如酩酊的蝴蝶?
他缄默不语,并起身告别,
四周顿时弥漫奇异的薄荷香。
而话语的余温如三叶虫的眼皮,
将埋入颅骨的脉状矿床下,
封存在乌有乡的失物招领处。
更多留给死亡破解的字谜,

漂浮着，被误解，被流传，

在大江南北。

你离开了囚禁过你的美丽国度

——悼曼德拉

雾霾沉沉，包围着

散发硫磺气味的城市，

似乎一个毒气室在哀悼远方的气候。

我在高速列车上读到：你已长眠。

照片中的你：笑着，

一个史前人的笑，宽恕了

苦难落在你头上的雪。

你离开了囚禁过你的美丽国度。

那裏，隔离圈的符咒

已经解除，蝮蛇蜕了皮，

已餍足地游走。

你在采石的囚徒中间，

抬起头来——

一个亡魂酋长，

满脸涂着未来的血，在笑。

你曾经像摩西，
与看不见的法老斗法，
你赢了英国人边沁，
用比四分之一世纪更耐久的脚力，
你走出
火山的圆形也自愧弗如的
炼狱之塔、惨绝人寰的
锥心之塔。

观光客来到罗本岛，
想戴一戴大海蓝色的刑枷，
试着找到卡列班的影子，
但他们大错特错了。
金矿主的黑色望远镜长了绿毛，
裹面，被叫做苍蝇的班图人
用细长的腿跳舞，
达姆鼓咚咚，来自好望角。

……列车闯入
比夜幕更深的雾霾，
听不见星星播放的悼亡曲。
人们戴着口罩，
茫然於比死者更无家可归。
你离开了囚禁过你的美丽国度，
一根铁栅做了你的桅杆，
带着你的笑，向北，向东，

你抵达某个
与醒来的扁桃叶韵的
开端。

以上两首原载《诗建设》2014年夏季号（作家出版社）

▌夏汉诗一首

　　夏汉，1960年生，河南夏邑人。写诗，兼事诗学评论。著有评论集《河南先锋诗歌论》。

从殡仪馆归来书

你又一次从殡仪馆走回来——
在雾里，你辨不清该奔往哪条路。

该留下的，已经留下
现在已经化成灰。比鸿毛还轻吗？
说不了，但比姓名轻了；
比人言更轻了——他可飞向
天空任意的地方，会是天堂吗？

出生总是不一定。而死：定了——
就在前一天，傍晚。

你的履历复杂吗？就像刚才
那活着的局长为死去局长做的
悼词。你要主持
就把一个人念三次名字，
顺序是：病重期间，吊唁期间；

还有：参加今天追悼会的……

该走的已经走了。此刻
活着的你应该重新猜度怎样去活。

原载夏汉个人诗集《冬日的恩典》(阳光出版社,2014)

▎卧夫诗一首

　　卧夫，诗人，摄影家。原名张辉，1964 年生于黑龙江省双鸭山市，长期居住北京，是众多诗歌活动的参与者和记录者，曾个人出资重修海子墓，策划有《诗歌长卷》。发表作品若干，并获得多种奖项。2014 年 5 月，于北京怀柔山中意外辞世。

在马路边坐到天亮

恐怕我走错了地方

恐怕太阳是从另外的角度心照不宣

你忽然给了我很多东西

只留下了你的城市。为此，我忍住了一些叹息

并听见了时间掉进水里的声音

我想伸伸懒腰。或去某个街头

探望曾经很依赖的第一个凳子

我不是风，所以没有风声可以给你

还在马路边坐到天亮？

我对这份工作已经寻找了两万八千公里

一边相信植物也许不死

就像我喜欢上了叶挺的囚歌

就像我在学院南路

遇到过失散多年的自己

原载《扬子江诗刊》2014 年第 5 期

▍阿翔诗一首

阿翔,生于1970。1986年写作至今。在《大家》《花城》《山花》《十月》《芙蓉》《今天》等杂志发表作品。著有《厌倦》《小谣曲》《早晨第一个醒来的人是寂静的人》《外省书》《木火车》《戏颜》等诗集。某杂志编辑,参与编辑民间诗刊《诗篇》,现居深圳。

百年诗

（悼加西亚·马尔克斯）

生平的语法授权给加勒比海。

这是我听到最奇怪的说法,但经历了

现实与魔幻互相渗透,你就明白

一个漏洞来自另一个漏洞,就像我比喻你,

植物下一步比喻噩梦,结果是病女

和晚年合二为一。这个意义上,百年

将永远病下去,一场疯狂的感冒,

转型到从底层蔓延的孤独。我不止

一次指出,个人好恶决定你的辨认,

一眼能看穿乌托邦的无可逾越的裂缝,

说明了老式爱情比以前更异乎寻常。

譬如,你天生的记忆并不输给

任何新体验,闭上眼想象一下自己

在渺小的宇宙漂浮,似乎越来越像一个

不可告人的秘密。马孔多小镇沉浸于
黄金地图，承载着最鲜明的矛盾，
或者，与其说表面的和解遮蔽了
实际分歧，倒不如说漏洞有望
消融在更大的漏洞里。所以，
正典尚嫌不足，你仿佛得到一个断言，
死亡背叛了诅咒，也许是判决书，
但文学不是彰显的牢房，正如你很难
体会马尔克斯的追忆。那么，请允许我
这么仿写，也算是一种致敬："许多年
以后，偶然抽出一本盗版《百年孤独》，
……我会想起那个遥远的时间，
停留在墨西哥城4月17日。……"

原载民刊《诗篇》第4期（2014）

▍路云诗一首

路云,男,1970年生于湖南岳阳。现居长沙,受聘于湖南涉外经济学院讲授创意写作。诗文见于《云梦学刊》《山花》等。著有个人诗集《出发》《望月湖残篇》。

我按揭自身

我从火中搬走,像浓烟冲向天穹
——她优美的身姿征收了夜色!
影子征收了我,我在黑暗中找不到
我——一个没有影子的人。

我在哪?我的影子在哪?
当全部的影子聚集,血色殆尽,
如一朵干扁的栀子花,
她何以回到肉身——凿开一扇小窗?

一只小雀的即兴鸣唱,直抵谎言的
背脊——她的绝色令我俯手画押。
一代人关在门外,黑暗被加工成方向
趣味和一条死胡同,没有一个跃动的影子!

我默然,我的影子——颤悠

如一只中风的手，按不好一个手印。
以今夜的忧伤作为红线，我圈定
一条雀舌的边界，形如一片尿迹。

我按揭自身，把不安的影子赎回。
我和我的影子，加入浓烟的领空，
黑暗中飞行的事物，被典押给烟囱：
她滚烫的舌苔上，放不下一张小床。

原载"中国诗歌学会"微信订阅号（2014 年 7 月 3 日）

▎王天武诗一首

王天武,1970年生于辽宁省阜新市,现居沈阳。

马泰拉

这里美丽如一幅画。教堂的尖顶

干扰着白云追赶白云,像一枚定云针。

据说超过几个世纪,

空中波诡云涌,村民心中平静,

在神的下方唱着马泰拉,巴西利卡塔,

用古老的腔调:"你是我永远的主"。

那悲伤的曲子,融进马泰拉的石灰岩里。

风一阵一阵吹,积累到庄重。

月光显得分外柔和,在巨石间,

有裂罅的地带筑起城邦。

最小的洞窟像一只只闪亮的浆果,

挂在壁画上。 偶尔摇晃。

风平浪静时,它们便静静地航行在

高耸的山巅,情侣会在里面头靠着头,

在摆放着蜡烛的条凳上做爱。

像儿童不知道自己的抽象画有多美,

我觉得我是她的崇拜者,

又一次被美击倒,

长时间望着有支架的弓型屋顶，
悬垂的花园与菜园，人们聚衍生息，
始终如初。它们陪你散步，调情，
在标注着年代的走廊里，我亲吻她的石柱。
我哼着《乌苏里船歌》，
"一条大河，泪花多"
进入波光粼粼的生活之始。
每个地方都繁花尽放，有些让人感伤，
并且永远不想看见，知晓，被她触动。

原载王天武豆瓣主页（2014年3月26日）

▌邓朝晖诗二首

邓朝晖,女,中国作协会员,鲁院高研班22期学员。诗歌五百余首散见于《诗刊》《人民文学》《星星》等海内外数十家刊物,入选十几个年度选本,获《人民文学》《诗刊》《诗歌月刊》等主办的诗歌奖数次。散文发于《文艺报》《山花》《黄河文学》《湖南文学》《延河》等刊报,小说发于《湖南文学》等。曾参加诗刊社23届青春诗会,获27届湖南省青年文学奖,出版诗集《空杯子》。

响水坝

在坳上
杨梅还是十六岁的样子
它开什么花
手如柔荑,发为柳丝
围白色的围巾还是穿中年的小袄
陌生的小镇上有一个声音大声喊着——"我愿意"
我愿意是你暮晚的夹竹桃
一开合便从平原到高山

我愿意秘密地活着
从一个小站到另一个小站
从熟悉的灼热到陌生的温暖
黄昏的玉米杆有一种呛人的衰败

虫子乱飞，一不小心就撞伤了自己
方便面有老夫妻的味道
矿泉水安之若素
熬夜的人们停留在漫长的隧道里

我在午夜落地
进入一个不知名的房间
潮湿，发霉
窗外有反复的叫喊
不必在安全的清晨起床看见陌生的阳光

我就这样进入你
途中有飞山的乳房，渠水深藏的沟壑
杨梅花从除夕开到清晨
它在晨光里隐匿
等待与衰败，都是迟早的事

萨岁

婴儿的呜咽早过了寅卯
油茶米还在涉江的途中
它是翠生的绿
惨淡的红

祭祀的羔羊流出春天的眼泪

萨多耶,萨多耶

一曲歌舞能耐得了多少寒冷

油彩与铜铃留不住悬崖下的英雄

马匹伏于低槽

壮汉勉强过了残冬

没有建高屋良宅

只有三炷蜡,一捆香

一棵孕育期的葡萄藤护佑多难的儿孙

我不是你王国中的一棵种子

没见过红纸伞高举于山冈

黑衣的祖母没有表情

我只看到稻梁在平地放松了自己

而一生紧促,需崖上立桩

石中穿木

萨多耶

一个误入的丛林有飞虫叮咬

你在八卦石里投掷我虚拟的前世

我在星阵中找寻你渺茫的五行

　　注:萨岁,侗族历史上出现过一位女英雄,人们尊称她为萨岁或萨玛,认为她的神威最大,能主宰一切,保境安民,几乎村村都设有萨坛。

以上两首原载《星星》2014年第1期(诗歌原创)

▌连晗生诗一首

连晗生，1972年生于广东汕头，2004年毕业于广州美术学院，获硕士学位，自印有诗集《不完美的世界》《暮色》，作品发表于《今天》《诗林》《书城》《时代周报》和《南方都市报》等报刊杂志，现于广州科技贸易职业学院任教，为中国人民大学文学院2012级博士生。

某一时刻

我想说的是图景？——草叶，

小湖生长的荷花？还是这里
或那儿，散布的花圃，形状各异的树叶？
三三两两的人，
似在走动，又像在停步，

我想说的是凝结？——像在

果冻中那样？推婴儿车的成年男子，
把擦汗的毛巾
搭在肩上的人，摇扇子的退休者，
全都带着易于满足的表情，

我想说的只是闲暇？——开着玩笑，

有时像孩童般追逐？丛簇的植物
隔开像地图
一样蓝色的湖水，旗子整排，
随风飘展，一些人踢着毽子，

我想说的是行为？——而胜似

行为，仿佛停顿？在棕榈树的
背景下，在浓荫的影子下，迈步的人
继续迈步；湖面上——
划桨的人再次划桨，

我想说的是重复？——临岸的

蜻蜓时而点水时而
轻掠？而美术学生的铅笔，一遍遍
描摹水波；孤独的人
一次次，步过心中的小桥，

我想说的是疼痛？——莫名其妙的，

突如其来的？在路边石凳旁，眼望着
长柄的草叶，图景
一帧一帧，清晰
如同跑步的人经过身旁时的喘息声，

我想说的是呼吸？——还是临近

公园另一出口粉红桃花的
气息？抑或坐在旁边的那家人,把花布
铺展在草地,咬着草莓
或梨子,让孩子在视野之内玩耍,

我想说的是幸福？——难以承受的;

扇舞的人,扭动身躯,
湖边的婚纱摄影,新娘的笑容凝驻(凝住)
景色,而对面的亭子,
在收音机亲切的噪音中,

我想说的是声响？——花瓣轻轻

绽开,蜜蜂对花环舞,或者隐蔽处
小虫的鸣叫,但不是
远处天空车辆的驰声;而头顶上的
棕榈叶,还在缓缓摆动,

我想说的是安静？——就像你所注目的

湖面水波？在多重意识的
叠合中;移动的船,在四方视线的交集中。

微风习习,阴影
处处,时光展开无声的画卷,

我想说的是光线?——还是伸长的草叶,

或者,生命的奥秘?而我只在其中,
在此刻;就像他们,无声无息地走动——
持久,或者并不持久;
永远,或者并不永远……

原载连晗生个人诗集《露台》(副本制作,2014)

▌张定浩诗一首

张定浩，1976年生，安徽人，毕业于复旦大学中文系。笔名waits，写诗和文章，现为《上海文化》杂志编辑。著有《孟子选读》、随笔集《既见君子：过去时代的诗与人》、文论集《批评的准备》（即出），另译有《我：六次非演讲》（E. E. Cummings）。

死亡不该被严肃地谈论

死亡不该被严肃地谈论，
离去的人不该被面带忧戚地怀念，
因为痛苦不停消耗痛苦，
而哀伤最终会阻断哀伤。

落叶不该被囚禁成书签，
尤利西斯不该在爱与迟钝中干枯，
孩子们或海浪会捡起他们，轻轻地
撕碎，再毫无意义地丢弃。

那些生活在一个地方的人也不会
每天遇见，那些遇见的人也不会
时刻拥抱，那些拥抱的人
没有办法相互凝视。

就像我们在大风中点燃一支烟，
就像我们面对面坐着都不说话。

原载"中国诗歌学会"微信订阅号（2014 年 9 月 9 日）

育邦,生于 20 世纪 70 年代。从事小说、诗歌、文论的写作。著有小说集《再见,甲壳虫》,有小说《身份证》《飞鸢》等。著有诗集《体内的战争》,诗歌入选多种选本。现居南京,以编辑为生。

三月十七日

一九三七年的三月十六日
你写了《罗马》《不要对比:生者无法比较》
三月十八日,你的本子上誊写的是——
《为了让风和雪水的朋友》
三月十七日呢
我的大师,你在沃罗涅日干什么
你不写诗还能干什么呢
就像我在二○○九的南京,三月十七日能干什么呢
一味地接受生活的侮辱而已
让风和粪水倒在我的头上
还像话剧演员一样,口齿嘣嘣脆地喊
"爽啊爽,真他妈的爽!"

三月十七日的大师
患上了轻微的感冒
他托着沉重的下巴,裹着大衣
去一家游医诊所

他精神谵妄,以为来到了法庭
他大声向医生申诉
他是作为人类精神遗骸的继承人而来的
"我是法定的继承人!"
冷酷的游医给他一包感冒药
"这就是你所继承的遗骸!"
大师吹着口哨,哼着小曲
盘亘在沃罗涅日的小巷里
什么都不能阻止他——
成为"全人类最明朗的人"

三月十七日,我继续写诗
然而我的房间里没有手纸
大便是必不可少的生理胜利
那首诗随着马桶冲入了人类的废弃管道
在污秽的空间里横冲直撞
它是多么的自由自在啊
春天来到沃罗涅日
我的心仍旧如坚冰——硬度甚于寒冷
我的双手开始变暖,在这座奇怪的城市
"阳光将出现在我的诗歌中?"
在这里,骨头被碾成齑粉
那些绿色的植物却在我的心中疯狂地生长
我固步自封,是为了隐匿自己
全然不知我已经成为那个"全人类最忧郁的人"
——他消失在沃罗涅日

原载《南方七人诗选》(周启航主编,吴越电子音像出版社,2014)

▎小雅诗一首

　　小雅,原名吕国祥,1981 年生于浙江省湖州市南浔。先后从事导游、记者等行业。著有诗集《南浔随笔》《骑车记》等。现为自由职业者,居湖州。

悼念张枣

死神大手大脚,不知节俭。
　　　　——约瑟夫·布罗茨基

1

点根烟,来悼念死于肺癌的诗人,
找不到更好的理由是因为你死在异国;
冬一般的刀片划过你细小的裂缝,
无知的人在你体内寻找祖传秘方。

"寒冷的肌肉",在诗句里只是个逗号
而逗号小于硬邦邦的经济,利益的
轮盘赌里,虔诚之人总输得一败涂地,
那是语言的巢太温暖了他们的心。

说再多也是多余,死亡像撑开的黑伞,

吸走那么多光明仍旧冰冷，那么诗
是黑伞顶上铮亮的戳，顶着风浪，
唯一怀着希望的是龙骨，顶着铮亮的戳。

孤单又晴朗的星，纤美又洁净的风暴，
旷世奇才与自己的影子促膝交谈。
你丧失的晚年可以对抗永驻的青春，
细枝末节里的谣言比灰烬散得更远。

2

夜晚的巴掌在擦拭泪水，从笔管里
滴落下来的泪水；紧张唤醒你走进教室，
看着隔壁怀孕女教师那绯红的瘦脸
确保你的感恩之情不那么渺小。

紧追不舍的命运里喘息的桃花正在
镌刻最后一朵，你大大方方的失败之花。
开在叹息里，像一扇拱门，穿过国籍
然后进入另一个国籍，下放到哲学。

宇宙的实验室正需要语言和困境，
你一个诗人的怅惘不若打开翅膀的天鹅
实实在在地说说爱情，爱情扭转脖子
在你身上绕了三圈后回到沉睡的空瓶子。

不着边际地追问美的学问带来的爆炸
是否会甩开灵魂,然后复归于更美!
你快哉在逻辑国度里丧失逻辑静若处子
和勃兰登堡门的高度有片刻对望的宁静。

3

你的死,就像从万世之梁上拔出一颗
永难弥补的硬钉子,可舌头之软迫使你
自由屈伸,像跳跳虫那样拱起背脊,
于紧闭的书页里翻过身,像盖床被子。

崖顶风筝那冰凉的心,你摸透了——
雪后的天空任你高蹈,一副闲置的望远镜;
从天空俯视下来,能看到什么?
捧着经书的人嚼着仁义道德的口香糖?

由于太熟悉而变得陌生,是一条
必经之路上叩响的门环,你关上门,
替我们挡住即将残酷日子中的谲诡,
快,跨上马!可我们缺乏胆量跟随你。

好吧,无名诗人将放下流泪的笔,
他摊开的双手放在书上,牙龈深处的痛

在打结。"天才总是死得太早",那么
远去时代为你陪葬,在微凉大地上生了根⋯⋯

原载《诗建设》2014年春季号(作家出版社)

❘ 严彬诗二首

严彬，1981年生，湖南人。2008年3月加入凤凰新媒体，主导创建凤凰网读书频道并任频道主编至今。

经过一个熟人的墓地

春天 孩子们来捉迷藏
恋人悄悄经过
树林如孕妇般发胖

秋天 四周金黄如稻粮
一场霜将地冻好 下午又蓬松
草丛结籽 蛇也重新入土

你离开多年
爱过你的人已经结婚
她的孩子躲在你碑后
读你的名字 却不认识你

这么多年来
你的视线越来越低
对世界几近失明

也只好留一封信给你

过些日子再见

死后

……

看见父亲烧毁房子
听到枪声赶来的人们签字然后离去
将叹息留给那时悲哀的任何一个人
一排树在冬天凋零,回到我的童年
我在童年恐惧过死

……

看见遗书写到一半,落在地上
描述一生的苦闷
每年我收到讣告,总有一些人要缺席
因为囊中羞涩错过一些爱过的姑娘
的葬礼。窗前的河流将我们的病情隐藏

……

看见我的儿子取错骨灰盒
看见我被另一个熟人带走
我来到一个更老的熟人灵前,喘着气

以上两首原载"十九点"豆瓣小站(2014年9月23日)

▌木寻诗一首

　　木寻,河北人,毕业于燕山大学中文系,师从李福亮、王清学老师,获得一生的教益。

死去的人,在意另外的时间

驼铃有它的足迹,鸵鸟和秋天
深处驮来 大雪

为碱性日子 寻找适宜的酸

碰见了黄昏就喝茶
碰见了房子就居住
碰见了道路就行走

夜驾着马匹
死去的人,在意另外的时间

原载"雨后花园"微信订阅号(2014年6月26日)

▌黄茜诗一首

黄茜，女，四川内江人，诗人，译者。毕业于北京大学比较文学和世界文学专业。现供职于《南方都市报》。曾获刘丽安诗歌奖。

死亡离我们而去

三天后，死亡离我们而去

阳光像一头温顺的公牛

稳稳地站在饥饿的广场上

那个曾抚触过你灵魂茂林的年轻人

此刻正走下喧嚣的大街

听晚祷的钟声，解脱了

苦恼而疲惫的又一天

另一个人在万里之外，用锋锐的厨刀

切下薄薄的姜片，扔进清澈的

油锅里炸开，为不能停顿的生活的飞轮

溅出挺秀的辛辣之花

另一个人在湿润、绿色的小岛

用眉头护住两根忧郁的细线

抱着锦葵色的三弦琴呜呜弹唱

为什么悲哀却故作繁忙

为什么欢庆却没有泪水

三天后，死亡的消息随季风而去

纤细的神经和柔弱的胸膛

抓紧洒向旧大陆的宽恕的春雨

深埋地下的种子辗转难眠

怎样澎湃和繁密的生长

能冲破锁闭的禁忌和生命之门

词语慌慌地爬行,隐隐地失序

活着的人以写作抵抗自身——

那个曾试探过你晦暗深度的年轻人

如今已成老年

从此之后,爱将是更沉默的爱

孤寂是更完整的孤寂

(纪念加博)

原载黄茜(Jasmim)豆瓣主页(2014 年 4 月 22 日)

▌张杭诗二首

张杭,北京人,1985年生。毕业于南京大学中文系,供职于中国文联。诗人、剧评人。艺术评论发表于《北京日报》《北京青年报》《人民日报》《文艺报》《上海戏剧》《国家大剧院》《国话研究》等报刊。另作戏剧二种,短篇小说十余万字。

地铁站的刷卡闸机

对某个人而言,这或许是一种考验

一种困境。你刷了卡,就得过去

特别是在出站的时候。这看起来很容易

你没见过一个人没能过去

后面的人也不可能让你稍有停留

但如果说:你得快速通过

这似乎多了一点儿压力,但也并不难

因为它仍然给你留够了一个缓冲的时间

即使闸瓣儿噗地一开,让你受了惊吓

实际上没有人认为自己受了惊吓

但假如你突然发现这一点,你不想过去了

尽管越来越多的人围住你,说你,看着你

但你不想过去了。就像你得说一个词

它代表一个意思,以满足别人已准备好的要听

以保持你表达的连贯,以使你的痛苦不被注意

以保持你这样继续活着。但你没说出来

在给你留够的不被注意的缓冲的时间
但你没说出来，或许你已决定不说了
但你已再也不能说出。就像你已付了全程
你没法再次先刷一次，然后再次付完
尽管你看着人们一个接一个都出去了
你再也不能出去了。尽管你质疑他们出去
是为了做什么，或你已放弃所有你会去做的事
质疑成功学，否定实用主义，渴望超脱世俗
尽管你从未不能出去，比如求救，找人
尽管你可以说服自己那些人不好，或你鄙视
甚至于你宁愿保持一种状态：如此绝望
尽管你不可能最终不出去，但你宁愿这么认为
因为那原因是那么那么小，那么简单
你可以假装是在等什么，但你又不愿意
看见你的人觉得你在等什么，因为你诚实地
多想上去告诉他们实际上你并没在等什么
让他们知道，也许他们中会有极少数不冷漠的
说：你丫傻逼呀。就像你父亲说过的
或是你的亲人来找你，或一次次给你打电话时
说的。因为你没法跟他们说，你终究可能得了抑郁症
并不觉得回到一个地方是一种治愈

两次

中午坐地铁的时候，对面穿毛衣长裙的姑娘
她的穿着吸引了我，还有一双无跟的布鞋

微曲的浓发挟着脸,像刀刻过又染了墨

月亮天蝎那种给人以深刻感的轮廓

回来的时候已近夜,一趟地铁的人流中

我又看见她,走在我前面

我超过她,侧头看。她没有抬起头看我

我想她如果看见,一定会惊讶

我从来没遇见过这样巧的事,(也不是上下班)

感到灵异的存在让我激动

不再往一个方向,我停下来看着她忧郁的

越来越难以辨认的裙摆

偶然已给予了它最大的恩赐,(近乎一种必然)

我想我不会再见到她了

我想起本月星运说今天是我的一个浪漫日子

但我今天是去和一个男人聚会;我想这才是

木星所要带给我的。我一直是一个不幸的人

落陷的命主星,从来只带来卑微的缘分

如同土星对我的蔑视

我想起下午在书店,我突然翻几本天文书

我想得到一些关于宇宙的新的看法

现在我想,这也是整个事件的一部分

以上两首原载民刊《诗篇》第4期(2014)

▎远子诗一首

　　远子,1987 年出生,湖北红安人,著有短篇小说集《十七个远方》。

葬礼

一个老人以他的死

召回了所有的亲人

在表达完各自的诧异后

他们围着遗体

开始了回忆

更多的人关心的是葬礼

什么时候举行

什么时候结束

葬礼是得体的

眼泪也是得体的

当眼泪擦干后

生活再一次降临

生产线的开关重新开启

老人的一生变得模糊

而他们的一生越发清晰

直到他们用各自的死

再次召回各自的亲人

原载"十九点"豆瓣小站(2014 年 9 月 10 日)

▍安德诗一首

安德,本名杨戈,1988 年生于四川遂宁,曾游学沪上,现居成都。

葬礼

> 我们就这样生活着并不断告别。
> ——里尔克《杜伊诺哀歌》

黑雾落了下来,你睡在木头船里
你又小又冷,你睡着,你的核
降落在小女儿的停机坪上

昨晚,我们已经斋戒,鸣锣,
焚烧失声的纸鞋
火明亮啊,哪些被你从处方签中
抖落的词语与灰烬一起旋转

而今日山顶沁凉,空气中升起湖水
他们在你上面倾倒雪粉
因彻夜诵经而口含沙粒的道士
掏出罗盘,他手中的细线
俯视你如同一柄
经验之锯。但不妨碍有人哭泣

有人掐掉正在抽条的蒿草

石头：寒衣节。石头下住着我小姑：
四十二岁，乡村医生，身高一米四一
死后，大概是一米三九
现在比我们更陌生的冰片环绕着她
如植物环绕着它们的谜

原载"拇指公园"豆瓣小组（2013年12月4日）

▍许立志诗二首

许立志，1990 年生，广东揭阳人。喜爱文学，尤爱诗歌。作品见于《打工诗人》《打工文学》《特区文学》《深圳特区报》《天津诗人》《新世纪诗典》等，曾在深圳打工。2014 年 10 月 1 日坠楼身亡，警方疑为自杀。在遗作《我弥留之际》中，他写道："我来时很好，去时，也很好。"

入殓师

经过不懈努力

我终于通过了

殡仪馆的面试

成为一名入殓师

明天将是我

正式入职的第一天

自然马虎不得

为此我特地把闹钟

调快了一个小时

以便留有充足的时间

站在镜子前

好好整理自己的遗容

原载许立志新浪博客（2014 年 6 月 25 日）

老蝉

她不过是在我心里种下一座深深的庭院

好让我在午后的蝉鸣下纳凉,慵懒

摇摇蒲扇,眯缝着一跳一停的眼

来者秋风夏凉,一袭长发惊扰了众蝉的耳语

树荫下我的身体无关世界

在一只老蝉合眼的瞬间,一点点消逝

原载许立志新浪博客(2014年7月7日)

▌颖川诗一首

颖川,1991年夏生于上海,毕业于湖州师范学院,曾是远方诗社社员。获第三届复旦"光华诗歌奖",第三十一届武汉大学"樱花诗歌奖"。有作品刊于《诗刊》《星星》《明周》(香港)《当代诗4》《野草》《未名湖》等出版物。现居上海。

四月

承诺就是:我不能。

——砂丁

我和母亲从电影院里出来。我们路过五卅事件纪念碑。人民公园
  门口的长椅上有位老人
独坐着听收音机,声声传来不知名的京剧。我们和一些人反向而
  行,穿透并共享着
彼此稀薄的阴影。他们滑入远处的光源。

我很瘦。我并不属于这个地方。整个夜晚我试图不去想象消失,而
  消失
是我们永恒的事实。我不看你。并非因为我不愿意而是因为
我不能。我不说并非因为它们微不足道而是因为

我微不足道。说出是我的羞耻。母亲渐渐落到了后面,我停下来

等她，我开始想象她更年轻时的样子：她和另一个年轻
而无比英俊的男人站在风里，仿佛那是他们此生

最后的机会。我们进电梯。左侧的门三天前刚被修好
几个醉醺醺的德国人，在某个凌晨，在上升
至二十几层的时候撞坏了它。那是出于

某种愤怒而绝望的戏谑吗？我转动钥匙，外婆
已经睡了。我们回来得晚。深处的黑暗向我们
招着手，邀我们回到它温暖的巢里。而你

在哪儿呢？你用消失把我们分
开只是为了用同样的方式让我们最终
连成一片吗？

夏天就要来了。

原载颖川个人诗集《杜弗诗歌手册·海上》（2014）

▎李琬诗一首

李琬，女，1991年11月生于武汉，现就读于北京大学中文系。

夏日

如果是在乡下，这时我早已醒来。
桌上两朵带雨的茉莉，
在破损的天空下更为端庄，
像一对银杯，供奉新晨的祭典。

我像个外人，同伯妈去割草，
收集春风吹又生的命运。
她会换上旧衣和羞怯的笑，
让我拍照，作她的遗像。

下午，在先人的目光旁边，
堂哥和我包饺子，所有的菜蔬
都可以包进饺子，代表一点
我们变得清凉的胸怀。

它们挨着，像闭紧的眼睛，
在汤水里做一个梦。我仿佛
仍是八九岁，堂哥还没疯，

同我走在细瘦的田垄间，

阔大的镜子照见健健康康的天地。

我们刚从祖父坟前的烟雾中下来，

带着野花的香味。

原载李琬（琬公子）豆瓣主页（2014年5月27日）

亲爱与友谊

❘ 吕德安诗一首

吕德安，1960 年出生。著有诗集：《纸蛇》《另一半生命》《南方以北》
《顽石》，长诗《曼凯托》《适得其所》等。

漆树

——献给漆画家唐明修

我的邻舍，住着一个磨漆画家，
而我的院落里却长着一棵漆树。
当他画着漆画，利用漆的光滑，
我想起我写诗，把句子分行。

那是另一回事。一天我问他
漆树何以变为颜料，回答是：
"从树脂中提取，仅此而已。"
我回家记下这一行。那是另一回事

我开始注视那棵漆树。又问。
这次他喝酒话变得多起来：
"漆在空气中变黑，那是漆的死亡"
我看到了一口盛满黑漆的

沉睡的瓷碗。世界发生了变化。

我写诗因此而受到诱惑。
我写道:"院落里一个塞壬,
正在它自己的火红色洞穴里

将时光吟唱。""它还是某人的智慧树。"
我又写了另一句,毫无禁忌。
这时,山上下来了另一个人,
他路过,浑身被漆咬伤,痒

驱逐着他。他或许就是奥德赛,
要不他就是后来的一个更年轻
的上帝。只是他那受罪的身体
坐不下来。虽然仍旧是另一回事,

就在那通向水潭的台阶上,
从他那张幽灵般农夫的脸,
我已看出,他若再迈出一步,
就要飞了起来。

原载《青春》2014年第1期

▌李亚伟诗一首

李亚伟 男，1963年2月出生于酉阳县。1980年代与万夏、胡冬、马松、二毛、梁乐、蔡利华等人创立"莽汉"诗歌流派，与赵野、默默、万夏、杨黎等人发起第三代人诗歌运动。做过中学教师，从事过图书出版发行、文化品牌策划等工作。主要作品：《男人的诗》《醉酒的诗》《好色的诗》《空虚的诗》《航海志》《野马与尘埃》《红色岁月》《寂寞的诗》《河西走廊抒情》《莽汉–撒娇》《豪猪的诗篇》。曾获奖项：第四届《作家》奖、第四届华语文学传媒大奖诗歌奖、第一届鲁迅文化奖。

酒醉心明白
——给二毛的绕口令

二毛是诗人的厨子。
诗人是历史的下酒菜。

历史是政治的酒水单
政治是人民的酒劲儿

人民是诗歌的厨子
诗歌是国家的味蕾

国家是社会的酒局
社会是民族的账单

民族是人类的餐馆
人类是大地的客人

大地是宇宙的吧台
宇宙是生命的酒器

生命是黑夜的酒菜
黑夜是诗歌的窗帘

诗歌是酒徒的眼睛
酒徒是二毛的兄弟

二毛是厨子的样品
厨子是人民的远房亲戚

牛逼的厨子在生命的路边店烹饪
看见天地间远行的酒徒一个个远行
而没有一个他曾认识的家伙原路返回

原载《红岩》2014年第3期

▍阿西诗一首

阿西,1962 年生于黑龙江东南部靠近苏联的村子。1979 年读大学时始学诗。著有诗集《叶卡捷琳堡诗稿》《广州集》《词车间》等七部。近年来,致力于具有超现实色彩的汉语本土现代性诗歌写作。

麻将诗学

—— 给 小 敏

1

东风不夹带秋雨

……但西风里有孔雀

栖落在国庆节的赌桌上

小伎俩只是一张白板

留在手上时间越长越是麻烦

而发烫的红中

也从未成全精心设计的圈套

整个一下午,谁输掉风骨

谁赢得梅花的品格

2

白云蓝天的小堡

乌云蔽日人影惨淡的小堡
你加入湘菜的改良主义
杨梅酒里
越过诗歌铁丝网
装修了三个赌徒的脸谱
从局外人到新头领
比抓到混儿还有成就感
我们只是一粒带虫子的红枣
预谋着干净的清一色

3

今天不神圣,今天
因三缺一而浪费一幅山水画作
——那就反复练习扔铁饼
把一副烂牌调教得油光水亮
有人送上康乃馨
还有开心果变魔术
我呢,只有输才会变得年轻
你负责每个人的免费午餐
配制上好的汤汁……
最终,你凭借足够老辣的手气
摸到最幸运的那一张好牌
它抵御了时间
和时间以外的虚无

原载《飞地》第6辑(海天出版社,2014)

▎沈苇诗一首

沈苇,1965 年生,浙江湖州人。浙江师范大学中文系毕业。《西部》杂志总编。有诗集《在瞬间逗留》《高处的深渊》《我的尘土 我的坦途》《鄯善 鄯善》《新疆诗章》《沈苇诗选》,评论集《正午的诗神》《柔巴依:塔楼上的晨光》,散文集《新疆词典》)《喀什噶尔》《植物传奇》。诗作收入《百年百首经典诗歌》《新诗三百首》等数十个国内选本。部分诗歌被译成英、法、日、希伯来、罗马尼亚、孟加拉、马其顿等文。获鲁迅文学奖(1998)、天山文艺奖(2004)、刘丽安诗歌奖(2008)、柔刚诗歌奖(2011)等。

加拉加斯之晨,或祖国之夜

当自我变成他人
在布加勒斯特街头
加利利湖畔的 TIBERIAS 小镇
或者雨后的加拉加斯
在一张异国的床上,醒来
匆匆穿上祖国的拖鞋
自言自语:我是谁?

无需一面他乡的镜子
照见面容后的内心图景
独自闯入的新大陆
这单数的、白日幽灵般的

第四人称,是否已经诞生?

当我从"他们"当中
起飞,短暂地
降临于另一丛"他们"
当手势学会了哑语
哑语穿越了边界
则意味着
乞讨的吉卜赛人
黑衣的犹太原教旨主义者
或者卖完手势就痛饮的印第安人
都是前世走散的兄弟
我追随他们,就像
雨追随雨,风追随风
哑巴追随哑巴,瞎子追随瞎子……

(此刻,没有一张圆桌
可以围坐在一起
相互取暖,用筷子夹起
寒冷、残酷的话题
此刻,在加拉加斯
ALBA餐厅的某个角落
用刀叉对付烤香蕉、煎鸡蛋
饮下一杯热咖啡
像只不知从哪里冒出来的
野兽,茫然而独自吞咽)

当自我变成他人
自我:这一滴,或一缕
融入我跨越的群山、大海……
拨转臃肿沉重的地球
入夜时分的祖国
只是一粒
寂静无言的微尘

原载沈苇个人诗集《沈苇诗选》(长江文艺出版社,2014)

▌杨铁军诗一首

杨铁军，山西芮城人，1988 年入北大中文系，大学期间开始写诗，1995 年北大世界文学硕士毕业后赴美国爱荷华大学读比较文学博士，后肄业转行从事电脑行业。2008 年出版诗集《且向前》。

从前有一个骷髅

——据两年前和女儿玩故事接龙游戏的记忆写出

爸爸——我们玩故事接龙吧。
好吧，你先开始。

从前有一个骷髅，它很孤单，
有一天它推开坟墓走了出来。
该你了。

嗯。这个骷髅下了一道山坡，看到一条小路，
两边是高高的草，从远处只能看到它的
光头。该你了。

骷髅在路上走啊走啊
一直走，来到一条小河边。
该你了。

小河水哗哗地流,对岸还有一头牛。

骷髅高兴极了,从水里掬起一把水。

水却一下漏掉了,因为骷髅手只是骨头没有肉。

该你了。

骷髅很生气,就拍水,你!水!

给我喝,你为什么不给我喝,又不是喝了会死。

该你了。

骷髅没法喝水,就沿着河岸走,发现一只船,

就划船过了河,来到对岸。

对岸的牛看到骷髅,哞地叫了一声。

骷髅问,你是不是水牛?

该你了。

水牛说,我是啊,我是一头幸福的牛,你是什么?

骷髅说我是一只幸福的骷髅。就高高兴兴地走了。

该你了。

走着走着,刮起了风,风穿过骷髅的身体

呜呜响。骷髅往四周一看,只有它一个,

就很害怕,哒哒哒地敲腿壮胆,

你说骷髅怕什么?

爸爸——骷髅怕鬼,但是世界上没有鬼。

骷髅就继续往前走,走啊走,

该你了。

不行,你说的太短了,作弊,再说几句。
爸爸——你自己说吧,我不要说了,你讲给我听。
这怎么行,我们说好是故事接龙。
好好好,我续,然后就该你了啊。

骷髅在路的尽头看到一面镜子,镜子里有一道光。
天黑下来以后,镜子里就只有一块月亮。
骷髅走近了朝里看。
它看到镜子里起了一个大漩涡,然后忽然就
来到了另外一个世界。
好了,这下该你了吧。

骷髅很害怕,不知道在哪里。那个镜子为什么
有漩涡,爸爸——

嗯,镜子里的漩涡是因为折射,
骷髅被镜子的折射带到了一个铁做的世界,
很结实,骷髅走不动,只好卡在一个地方。
它很伤心,不知道怎么办,
你猜猜,骷髅该怎么办?

爸爸——骷髅怎么办呢?
骷髅卡在那里,很难受,因为脖子上爬了一只蚂蚁。
蚂蚁怎么能动? 爸爸——

呃,蚂蚁小所以能沿着铁锈的缝爬,

而骷髅呢,太大了,太脆弱。

骷髅真可怜。爸爸——

你快想办法让骷髅出来。

我想办法可以,你也帮骷髅想办法啊,

否则骷髅可要生气了。就不跟你玩了。

骷髅你别生气,我帮你想一想办法,对了,你装死好了。

装死没用啊,要知道这个是铁的世界,

怎么挣都没用的,你再想想。

爸爸——我想不出,你说吧。

嗯,让我想想,其实,我也不知道该如何解救骷髅,

这样好了,过了一天一夜,骷髅都快饿死了,

忽然它看到蚂蚁爬过去的缝有亮光,就从亮光的缝往里看,

你猜看到什么?

看到什么? 爸爸——你快说啊。

你猜啊? 你想一想啊?

我猜不出,你快说。你说了我就给你拿两颗葡萄。

好,这可是你说的,不要一会儿不认账。

它看到的是一面镜子,镜子里起了一个大漩涡,

一眨眼就把它带到了另外的世界。

这个世界呢是土做的,但骷髅不怕土,它还能吃土。

所以它就在土里继续走,走啊走啊,然后呢,

该你了。

骷髅很高兴啊，所以它就唱歌，一二三，骷髅头，
人有大头我有骷髅。
该你了。

好，走着走着，下起雨来，骷髅就钻在土里不动了，
雨下个不停，骷髅有点想家，可是怎么办呢？
该你了。

骷髅就起来继续走，走着走着就到家了，
爸爸——该你了。

哪里有那么容易，这里是土的世界，骷髅回不去了，
所以它走着走着就很伤心，忽然在路的尽头看到一面镜子，
镜子里有一道光的漩涡，一下子把它给带走了。
你猜把它带到哪里去了，玄僖？

另外一个世界？
是啊，你说是什么世界？
是火的世界？

对啊，骷髅就来到了火的世界，但是这个世界没有风。
所以火就站着，一点都不可怕。骷髅最怕火了，所以它小心翼翼
从火苗之间穿过，生怕自己被烧死。
你知道骷髅烧死以后是什么？

是什么?

骷髅烧死以后就是舍利,古代的高僧死了就烧成舍利。

那舍利死了以后呢?

舍利就不会死了。

骷髅怎么样了,爸爸——你说骷髅。

好,骷髅在火里因为没有风,所以活得好好儿的,但是它很担心

会起风,所以得赶紧离开这个世界,

所以它一直走啊走啊,然后又看到一面镜子。

老是镜子,你说这个镜子里面是什么啊,爸爸——

这面镜子里什么都没有,黑洞洞的,骷髅往里一看,就被黑洞吸进去了。

爸爸——为什么镜子里是黑洞?

嗯,因为它看到的是镜子的背面。这下不好了,这次骷髅没有

来到一个世界,而是来到一个非世界。

什么是非世界?

非世界就是不是的世界。就是不存在的世界。

那——非世界里面有什么? 有水吗?

没有,非世界什么都没有,连空气都没有。

所以非世界里能看得很远,就跟你站在山上望远一样。

从非世界,骷髅看到其他几个它刚才经过的世界,

它还看到了它最初世界的坟墓,

看到了最初世界它走出来的那条小路,

在小路里头走路的骷髅的光头。
原来这些世界都是妖怪放出的迷雾，迷雾廓散了，
骷髅就从镜子里回家了。

爸爸——骷髅回家以后呢，做什么？
回家以后么，就什么都不做了。你还要玩故事接龙吗？
好啊，我先开始。从前有一个骷髅，很孤单，
有一天，它推开坟墓走了出来。爸爸——
该你了。

原载"中国诗歌学会"微信订阅号（2014 年 9 月 30 日）

▌回地诗一首

回地，1969 年出生，浙江嵊州人。1990 年代开始诗歌写作。创办过民间刊物《命与门》《低岸》，主编有 12 人诗选《越界与临在》。作品散见于《六人诗选》《诗刊》《黄河文学》《诗江南》《野草》《诗生活》，网刊《达夫弄 1 号》等刊物与选本。

给海伦·凯勒

（一）

给孩子们上写作课
我动用你的传奇，你的黑暗，
你手指触及流水的惊呼：
Water! Water! Water!

"让每个人在成长早期突然失明几天，
许是好事。漆黑会令人
更珍惜视力。"

对于孩子们，我是否
能说出更多漆黑的奥秘？
假如漆黑的流水会使人发现
语词的光芒？

（二）

如果再来世上走走，
你的视力将使你在今世
再度失明。
在纽约第五十二大街，
或杭州柳浪闻莺，
你只是一个新世纪的观光客。

（三）

失明与失聪
怎么使你抚摸的椴树皮
有了朝霞和金子的回声？

你指尖触及的流水
就是词源本身。
你尖叫！
你在词源处奔涌……

你说出的这句译成八个汉字的名言
翻译出《创世记》的密码。

你这被判入永罚的女人

用十指尖按下过宇宙
为你一个人设计的按钮。

（四）

给孩子们上写作课，
我模仿你的名言布置作业：
"假如我只有三天光明"

孩子们用汉语摘下自己的眼球。
他们一手交上作业，
一手交上一颗
冒着浓烟的地球。

原载《越界与临在》（长江文艺出版社，2014）

苏野，1976年1月生，从事诗歌和文论写作，现居苏州古镇同里。

叶小鸾

当一个人不快乐，
那就是未来。
　　——布罗茨基

服务于痛苦，尖锐的理智
和语言纯粹的技艺
远离一个崩溃时代叙事的火山灰
你反复测试悲观的弹性

你曾是纯洁的迷魂药
和失败者的支票，在想象中增肥
一个喻体，呼唤着本体
一床蚕丝被，应许着梦境

你的美源于天赋，你的神化
源于你父亲无解的悲伤
和萃取肉体，人我执。他需要一卷
符箓，医治无常，和震惊

作为暗疾和招魂，书写

将傲慢的死亡提速，变成了独裁

一种强壮的恶，也是反叛

蕴含着阐释的液压剪

如今，你是遗忘

是少数人的信仰之熵

像果蝠，带着低展弦比的翅膀

倒挂在时间之树上

但借助于悲观的黥面

和对绝望的沉思，黑窑中的人

那灰尘般的写作者

会认出你，认出死和虚无

原载《南方七人诗选》（周启航主编，吴越电子音像出版社，2014）

▌臧北诗一首

臧北,1977年2月出生,江苏泗洪人,现居江苏昆山。

玛丽

我们回到乡下吧,玛丽

回到我们出发的地方,就在那里一辈子

永远不要出来,我们可以做个快乐的农民,养两只羊

像孩子一样,喝它的奶,我们带着它散步,哦,是的

就像我们的父母,我爱他们

却不想跟他们一起生活,你知道的

常常这样,爱,却又不能

我们还会吃它的肉,那是要到最后,玛丽

要到死亡占了上风,我们像两头野狗,在草地上撕咬

是的,玛丽,我会吃掉你,如果你不肯

弃我而去,哦,多么快活的贱骨头

去他妈的世界,去他妈的诗歌

我们在乡下,在星星像爆米花一样的夜晚,亲爱的

我们哼两声,抒点情吧,哪怕是春情

哪怕是见不得人的骚劲,反正这夜晚,就我们两个

站在田埂上,我们的尾巴被灯光拖在地上

我们做爱,生生孩子,玛丽

我们在田野上跑,见到不喜欢的人,就冲他狂吠

我整天在田野上跑都不会疲惫,哦,玛丽

你可以站在家门口看着我们

不过,不要像父亲那样,求求你,不要企图窥伺

和推理,你可以吹着口哨,倚在门上

你可以想想下午的菜谱,如果你不出声

我就不会停下来,哦,玛丽

请你走过来,看看这株野草,跟你的容貌多么相配

就像上帝送来的贺礼,咱们的孩子

像风一样,消失在日历上,走廊里的声响

大概是他制造出来的,包括池塘里的蛙鸣,天上的

鸟叫,树林里孤独的嘶喊,和床底下的

蟋蟀声,玛丽,他是个音乐家

你听,他用阳光轻轻敲打着花瓶、水、屋檐

轻轻敲打着睫毛和耳朵边

玛丽,我们有很多重要的事情

就像探险,比探险还重要

比游泳呢,你会说,你的游泳衣被我用小刀

划破了,哦,玛丽,别生气,玛丽,我们不游泳

我们仅仅是,跳进河里,剩下的事情,我们不要过问

好玛丽,我们谁也不告诉,偷偷地做一次长途旅行

我用油纸包好了干粮,足够我们吃到

在河面上慢慢老死

慢慢老死,我看见过,时间让一个人缩小

只剩下一粒果核,那是他以前不小心吞下的

一直保存在心里,哦,玛丽,我们会不会

被河水分开,或者会来到大海

看见那真正的,得不到宽恕的上帝,这或许就是真相

我们不小心拥有的自由和恐惧,不得不来到心里,他甚至

叫我忘记了你,以及你给我的勇气,玛丽

原载《南方七人诗选》(周启航主编,吴越电子音像出版社,2014)

▍木郎诗一首

木郎,苗族,生于1985年,贵州织金人,现居贵阳。

写给自己的信

木兄,我们已有二十多年没见了吧?
众鸟南飞,一棵落单的白蜡
留下了风的形状。你知道此物喜光
喜肥潮之土。噢,我差点忘记
它对霜冻过敏,只能
见诸平原或河谷——这多像你
生性喜好飞翔,而今恪守一日三餐
每天只能被秩序安排,你如此
囚自己于陶器到底为何? 在脐带剪断之时
我们已被分类、归档。深夜酒醒
被孤独翻阅,一种前所未有的悲凉
自根部升起——要穿过多少洞穴
方能找到比喻的子宫? 一棵白蜡在风中振翅
声音必会招来众鸟的嫉妒
木兄,是时候了! 雨水会痛饮我们

原载民刊《走火》创刊号(2014)

▍王向威诗一首

王向威，1986年生，河南项城人。诗歌和散文作者，有作品选《拿云的心事》，曾获未名诗歌奖（2007）。现居开封、郑州。

回家

在你们缺席的餐桌一角，我坐下来，
喝你们剩下的半瓶酒。
墙角边，你们堆放的大蒜，我剥着吃。
它们和酒一同进入我的咀嚼，
我大口喝了一杯，在到来的味觉中，混淆了彼此的辣味。
往你们杯里加酒时，溢出的部分，火苗
一样在桌面上奔跑着、追赶着我嗓子里的酒。

给母亲的那杯酒，向南走十里，穿过
麦地，才能端给她，河沟里泡着的几棵桐树，
被拉了上来，你们同时运来了沙子、砖头以及更多的木材，
但这些都还没有支撑起一个新家，没能给她一个回家时确定的方位。
祖母打开着家门，让这个家保持着一种等待的
状态，黄昏时，她从田野里回来了，她推开又关上门，
她回到了家，她迎来了自己的归来。

现在酒瓶子空了，被扔到了墙角里。

我的胃和血液消化不掉的那部分酒,我就用

回一次家,继续消化它。我躺在你们

躺过的床上,闭上双眼看着你们的眼睛。

床板上,凸起的疤痕扎着我的脊背,

在夜里和你们一样,我会醒来一次,

在远处,你们看着我。现在,我回到了你们

目光中的家。夜里青草的气息,越过窗户从庭院里漫过

来,你们刚离开的屋子里,草籽飘过来,想敲开地面。

原载《中国诗歌评论:东海的现代性波动》2014年春夏号(上海文艺

出版社)

李凤，1986年5月出生，小凉山彝族。2013年北京邮电大学硕士毕业。现在某乡政府工作。

我是我的妻子

我是我的妻子
一粒早产的麦穗

我不需要粮食
但请别带走它
它能告诉我季节

我不需要玫瑰
但请别带走它
它能绣我满身的刺青

我不需要睡眠
但请别带走它
我的梦会找不到我

我是我的妻子
没有任何家当

有时种树
有时饮水

原载《诗刊》2014年4月号（下半月刊）

里所，1986年出生，诗人。

香瓜

他们让我吃饭

吃你不需要的食物

你爱的香瓜

薄皮香甜

充满汁水

多像一个温暖安全的子宫

你掰开一个分我一半

把你喜欢的都给了我

你吮吸我

我就是那只淡绿色的小瓜

那些充盈的液体

包裹你与生俱来的寒冷

汁水只能解一次的饥渴

你为此多次把自己打碎

有时你掏空我的瓜瓢

或者出门去剪了一把月季

你顺路走向那诱人的迷途
毫不理会
你遗留的罪责
是我的栖息之地

原载里所新浪博客"给梦照一张相片"（2014年7月1日）

芒果

有些水果
来自很远的地方
你就爱那遥远
我长成在遥远的城市
你就爱我
后来你去了更远的世界
我就爱你

我已被你钉住
成为一枚标本
只剩下扁平的果核
多余的水分被你摄取
用于喂养牙齿和骨头

我大笑不止
你看见没有
为了这深刻的爱情
活着的那一个
必须持续流淌金色的液体
直到彻底干瘪的时刻

现在餐盘满溢
你可以温柔地享用了

原载里所新浪博客"给梦照一张相片"（2014年7月11日）

▍赵成帅诗一首

赵成帅,1987生于山东滨州,毕业于武汉大学中文系,现居北京,供职艺术媒体,兼事艺术批评。

寄罗马书

　　云架桥里的空楼是命运出发的码头
正如你所离开的——

　　床头摆满了秋刀鱼,为生活空出的长椅
是马戏团里金色的吊弦

醉倒的
大雁荒凉的心

　　我的梦里,一千只哑铃在奔跑
一千棵花椒树,殷红的穹庐,殷红的野兽

　　而追不动,是马蹄营里着凉的友人
回流谜转的金液,迎向长江大桥的银索

你,一定要回来——笑盈盈
看高山展览,整个秋天的苹果园

原载《桥与门——北京青年诗会诗歌朗诵作品集》(2014年10月)

▎张慧君诗一首

张慧君,1989年生,青年诗人,文学爱好者,北京大学医学部临床精神病学与精神卫生专业在读博士,曾获得第七届"未名诗歌奖",作品散见于《诗刊》《星星诗刊》《诗林》等刊物。

黑翅翼

姑娘们的鹅绒初雪,
扎成一束哽噎滴露的花朵,
在我心怀,柔软如羽。
我的泪囊遍溢你的泪水。

在北方一间狭小孤单的房间
黑网格窗前,
姑娘阒然清寂地独坐,
低头,架着一只大提琴钝重的黑纸鸢。

早晨的街,被码放在造物主的积木盘里,
如此清洁,
蹭在那张美丽脸庞上的渣灰
被我偷偷捧开。
我用鲜亮抚摸她的黑骨骼。
姑娘的情感终为外物触动,

潮湿溃烂的黑眼珠
感受着风和日丽。

她依稀记起所有罪状，
她"体质羸弱，缺乏勇气"，
她"深坠幽渊，插翅也难飞"，
简直不若坦言，"翅翼不见了"，
所有遗失的生活的重心，
所有惶惶度日的思念，
就像梦中巨大的冰川，
她哆嗦的双手，紧握
恐惧激流里一根黯红铜管。

溃烂磨损的小手，攥出一个个低音符，
歌唱黑翅翼的死胎。
深蓝的海洋已经倾坠。
一群箭鱼的勇气不得要领。
而姑娘脖上的脂玉，
总要高过人海，
她被光线透窗的美梦掐勒，
无力出声。

"小翅翼，你在哪儿？"
"哦，小溶金，你藏在哪儿？

"唉，等等，姑娘，

一会儿我就要步入你的苦痛，

你肝肠寸断的玉晶。

我是你最高的情人，

请你穿上黑色长裙，

在我的葬礼上反复吟唱，

这黑色的徒刑犹如黑夜，

比黑色的子午线更加悠长……"

原载"中国诗歌学会"微信订阅号（2014 年 9 月 19 日）

▍吴盐诗一首

吴盐,1991年生,安徽颍上人,青年诗人,辑有诗集《魔法拖拉机》《来不及热爱》,暂居上海。

上海夜饮记

那么多酒,我要再喝一瓶,

我们读诗,风暴中一只受伤的鸟儿。

刚割过的草坪上,我看见它,像看见

这个时代脆弱的心脏,它简直一动不动。

惆怅死我了夜上海,太小太丑了这只乌漆麻黑的

鸟儿。我灌下大量抒情的液体,又暗自

在香樟树下把它们细致地爱了一遍

还有其它一些树,都特别繁华。

我似乎写过诗,和清风学习过吹拂。

有些黏稠啊夜上海,俊美的友人,我们

正努力地一起飞,一小块的孤独之上,我是那只鸟儿。

我似乎看见整个夜上海:

所有的树根上都有一滩潮湿的水渍,

强烈的气味已经聚集成一朵暗云。

对于这个夜晚,我什么也不说了,我憋着一泡尿,一个

黑咕隆咚的祖国。我只想

再玩一会儿,再咬咬牙。

我要再恨一会儿,尿得远点持久点。

继续读诗吧。

风暴的中心,我爱上几棵割草机吐出的草。我拍拍翅膀。

我要再看一看夜上海,夜上海暗了下去。

鸟儿不见了,我站起来,突然就是另外的一天。

原载《飞地》第7辑(海天出版社,2014)

▎甜河诗一首

甜河,女,本名汪嫣然,1992年生,安徽潜山人,现为苏州大学文学院汉语言文学专业2010级本科生。

春天的另一种音乐性

这是一双手,寄生于树干表皮之上的手
我在海上追逐落日,将自身揉进一团
春分之后的湿润气流:半明半暗、金栗色的暖色云雾。
鼻子是精密的仪器,嗅出一片花萼,
或者发光的芳香分子。转身进入更深的场域,
翻转的性与肚脐。身体的沟壑得以填补,
太阳转至身后:喝酒,用丝线绑紧对方的舌头
在最深刻的无聊里耗尽气数,阖上双眼

你将记忆叠起来,像叠起真丝睡衣一样小心
硬质地板剥落的生石灰,而我没有悬挂起来的过去
在外省的第四年。关心一场哑剧,关心杜撰的历史。
黎明时喷薄而出的除了朝霞还有少女的体液
一个吻永远发生在真实与虚构之间

日常的咒语键入更深的羞辱,喧哗的耻骨
银行的保险柜里贮满石榴籽,萤火虫的精囊。

相逢即杀戮,白钥匙纤细,我用它来开启你——
豌豆表皮出现褶皱,金色箔片坠落如水星。
他出生时已经老了,他死亡时正年轻
粉红的香粉扑在白发上,苍蝇搓着小手
我不关心你是罗伯斯庇尔还是丹东

原载甜河豆瓣主页(2014年4月11日)

马暮暮诗一首

马暮暮，女，1992年生，浙江诸暨市暨阳街道宜东村人。毕业于诸暨草塔中学，高中时曾获第十一届新概念作文大赛二等奖，出版个人作品集《长耳朵的童话》。曾任复旦诗社副社长。2011年获首届复旦"红枫诗歌奖·创作奖"。现为北京大学戏剧与影视学研究生。

最后一日

—— 致 P.S.

她又听见了钟声，鼓楼的游客络绎
不绝。一定不是。他警觉地穿好衣服
敲门声跟卫生间的牙刷一样消失了
需要沐浴一番，这干燥的白天

疼吗？他笑了一下，把她的指甲
剪进了头发里。即使没有了沙发垫
她还是安静地蜷着，跟脐橙一样温暖
等候他愚钝的刀子将她分瓣

午后三点，日光有一些倾斜
两个人的名字纱一样蒙在她陈旧的脸上。
用恳求掩饰的目光，她谈起马骅和马雁
"雪山短歌，太短了一生像雪。"

而如今，她的公车930如蝴蝶
停在了北京南站。他起球的毛衣袖口
有她今晨匆匆打翻的豆浆痕迹
这所有的印记，"洗一洗就好了。"

因此他们不可能谈论白天就像谈论
黑夜。他听见她呼啸而过时
秋末的一点温度留在他潮湿的围巾上
她预料到了一切，而这一切都未曾发生。

原载马暮暮豆瓣小站（2013年11月12日）

❙ 安吾诗一首

安吾,1992年生于江西赣州,毕业于北京大学中文系,现供职于南方某报社,曾获未名诗歌奖、樱花诗赛一等奖。

哀歌

1

在末班车上,她假寐,即将呕吐却没有
塑料袋子;站在她旁边的,那个不够
优秀的陌生男人,像一盒过期的止晕片

流行乐在暗处,欣赏她化妆镜内永恒的
市中心。她下班后的苦,叠放于爱情
内侧的废墟;像手提包中,悔恨的小偷

到站后她羞涩,沿归家路走向街对面
那只垃圾桶,把一个随意搁置在心中的
熟悉的男人扔进去:哦神经兮兮的阴道

2

同老成持重的恋人牵手上街,她钟爱

与他们无关的巨幅广告。突然,她忍耐
站在她左侧的他,悄悄藏起被多次警告

的下一秒。盲道上,他们各自使用一对
耳机,精心取悦生活,像薪水中灵活
游动的晚餐;她和他,偶尔也暗暗比较

心跳的轻重。在这难以拥抱的大街上,
出租车来回多次,纠正他们紧贴在一起
的瑕疵;她,正允许那个摆摊卖袜子的

3

被硬币正常转动的家庭内部,那出轨
记录从打翻的盐罐泼出,像燃情岁月中
拼命下垂的双乳。她忙于清洗从沃尔玛

拎回的蔬菜,她的丈夫买给她的新围裙
正在遮蔽那臀部的中国国籍;衣兜里
那智能手机时常震动,她决定关闭陌陌

的定位服务功能。再见了,自由奔放的
两室一厅;她擦干手,去看一部正在
热播的喜剧,再也没有泪水来把她打湿

原载《深圳晚报》(2014年6月21日)

▌金良诗一首

金良,原名金梁,1993年生于甘肃榆中,毕业于中央民族大学哲学与宗教学学院。曾任朱贝骨诗社副社长。

格物超市

—— 致弋戈

冬夜渐渐锁上来了。你在北疆,想必
要独坐到天亮才肯关门。我原来不信
你能耐得住饮冷茶、闲敲棋子——而今
我羡你砸碎了手机,先我一步回到古代。

这仅仅是个玩笑。生活之苦
打开在一部尚未完成的历史面前,
被无线电对岸渺远的语言抽空
缩成一个坚实的柚子。我手无寸铁,
不能将它切成三块分给你们。

为了奉陪到底,我俩不约而同地放弃了
一份拆解词语并摆上食品架的
好差事,以应付那些更为沉重和尖锐的

"物"。这次它们从你口中飞来

从雪白的爱情、从女人殷实的身体飞来。

在古代，没有一把手枪可以自裁。

你须得学冯妇，徒手格杀

——并且钟情于——那斑斓的虎。

题解：郑玄注《礼记》云："格，来也；物，犹事也。"又，颜元《四书正误》："格即手格猛兽之格，手格杀之之格"。

原载《朱贝骨诗刊》第6辑（2014）

▌子申诗一首

子申,原名王畅,1993 年生于江西赣州,2014 年 7 月毕业于南京大学文学院,现居南京。

致父亲

二十年前,你格子衫、执粉笔,批量生产
镶满方言的知识。二十年后,
你用残存的墨汁写下:"长期供应
活鲜:鸽子、鸡、鸭。"

那把和咸菜打了多年交道的菜刀
被生计磨光,游刃过后,
交还一具具光滑的尸体,然后被爱好
改善生活的人们提走。
于是我们的晚餐有了鸡杂、鸭杂,偶尔
有了狗杂。我从未有过
这么丰盛的记忆。

你迅速干枯的身躯,像那
挂在摊前的鸭架,盘踞在南方的
一个小镇上。每天和劣质白酒、香烟
争取着光头上的白发,你把自己

活成了一个糟老头。

你终于从乡村教师长成一介屠夫，
一人得刀，鸡犬升天。就像
我也快要二十岁了，二十年了，你可以
从容地制造死亡。只有更多的死
才能让我活得更光鲜，让我

越来越不像你。我是要在城市的空调房里
吃面包、喝可乐，患脊椎病的；
我还要穿球鞋、打阳伞，
背着镰刀，在钢筋混凝土中
收割自己的爱情。我要一遍遍擦去
我泥土做的脸孔，并试图活得
像一个祖国的好少年。

二十年了，我终于越来越不像你。

原载《西部》2014年第9期